超越万古

OUT OF THE AEONS

H.P.Lovecraft

[美] H.P. 洛夫克拉夫特　著

谢紫薇　程闰闰　译

重庆大学出版社

CONTENTS
目 录

Facts Concerning the Late Arthur Jermyn and His Family

关于已故的亚瑟·杰尔敏及其家族的事件

I

生活是丑恶的，但是透过我们已知的事实，背景之下隐约可见邪恶恐怖的暗示，那暗示有时会让生活更显千倍的丑恶。种种惊人的科学发现已然令人惶恐，而最终，科学恐怕会使人类这个种族彻底灭亡——如果我们真的是一个孤立物种的话——因为科学所发现的丑陋与恐怖若是公之于世的话，人类的头脑是无法承受的。如果我们知道了自身本质的话，就都该效仿亚瑟·杰尔敏爵士。某天夜里，杰尔敏将汽油浇满全身，然后点着了自己的衣服。没有人去把他烧焦的骨骸收进骨灰瓮，也没有人去立纪念碑缅怀他的生平。因为他死后有一些文件和箱子流出，使得人们想要忘掉他。一些认识他的人甚至坚称杰尔敏从未存在过。

亚瑟·杰尔敏看了那个从非洲运来的箱子之后，就跑到荒地上自焚了。使他自尽的是箱子里的那个东西，而非他奇特的长相。一般人如果长成亚瑟·杰尔敏那副相貌，大概早就不想活了，但他本人却一点也不在意，他既是诗人又是学者。亚瑟家学渊源，他的曾祖父罗伯特·杰尔敏爵士是著名的人类学家，而他的高曾祖瓦德·杰尔敏更是最早考察刚果地区的探险家，他把当地的部族、动物和古迹都翔实地记录下来。事实上，瓦德有着狂热的求知欲，他对"史前时期刚果地区白种人文明"有着很奇怪的想法，并且将其写进了《对非洲各部族之考察》一书中，结果引来不少嘲笑。但是在1765年，这位无畏的探险家却被送进了亨廷顿的疯人院。

杰尔敏家族的人都有些疯狂，幸而家族人口不多。杰尔敏家没有旁系，亚瑟是家族的末裔。倘若家族中还有别人的话，非洲那个东西送来之后，亚瑟会干什么就不好说了。杰尔敏家的人长得都有点怪——总是有什么地方不对劲，亚瑟是最奇怪的一个，但从他家的祖先肖像画中可以看出，在瓦德之前，家里人的容貌还很正常。疯狂也是从瓦德爵士那一代开始的，瓦德的朋友们觉得他在非洲的冒险故事既精彩又吓人。他收集的标本和战利品也是同样精彩又吓人，普通人根本不可能想要收集保存那些东西，他对待妻子也很奇怪，完全是像东方人那样将她隔离起来。据瓦德描述，她是葡萄牙商人的女儿，和他在非洲相识，但是很不喜欢英国的生活方式。瓦德第二次去非洲考察的时间最长，这位妻子带着在非洲出生的儿子随他一起回到英国。瓦德的第三次非洲旅途也是最后一次，她随丈夫一同前往，从此就没有回来。谁都没有近距离看到过她的容貌，连仆人都没见过，因为她似乎性格暴躁乖僻。在杰尔敏家短暂居住期间，她独占一座远离主屋的侧楼，凡事由她丈夫亲自照料。事实上，瓦德对家人的态度实在非常怪异，他再次去非洲的时候，只允许一个来自尼日利亚的邋遢老女人照顾自己的儿子，旁人一概不准靠近。后来杰尔敏夫人去世，瓦德返回英国，就完全由他自己照顾儿子了。

不过他之所以被朋友当作疯子，还是因为在酒后说起的那些事情。在十八世纪那个理性的时代，饱学之士实在不该谈论刚果月色下粗犷的风景和奇怪的见闻，他不该说起被遗忘的城市爬满藤蔓已然倾颓，但城中依然有着高大的墙壁和石柱，潮湿沉默的石阶通往深黑的地下宝库和深不可测的墓穴。他更不该说的是，这地方似乎依然藏匿着某些生物，那些生物有时生活在丛林中，有时生活在那座亵渎的古代城市里——那生物太过离奇，哪怕是普林尼在描述的时候也会表示怀疑。那生物可能是某种巨大类人猿的后代，它们占据了这座濒死的城市，也占领了那些墙壁、石柱、穹顶和诡异的雕刻。然而在瓦德爵士最后一次考察结束回国后，每当在"骑士脑袋"

酒吧三杯酒下肚，就会用一种儿近恐怖的态度吹嘘自己在丛林里的发现，大谈自己如何在不为人知的恐怖废墟里生活。后来他以这种态度大谈秘密城市里的生物，就被送进精神病院了。然而他在亨廷顿的疯人院也毫无改正之意，而且变得越来越奇怪。随着他儿子长大，他就越来越讨厌自己的家，最后竟然对家里感到恐惧。他几乎一直住在"骑士脑袋"里，被疯人院收容后，他甚至有些感激的意思，仿佛是得到了庇护。三年后，他死了。

瓦德·杰尔敏的儿子菲利普相当奇怪。他身体健康，这点与父亲类似，但是他外貌粗野、举止古怪，让人对他避之不及。还好他没有像部分人担心的那样遗传了父亲的疯狂，然而他却十分愚笨，还会时不时地出现难以控制的暴力倾向。他身材矮小力气却很大，而且异常敏捷。在继承了父亲的头衔十二年后，他和猎场看守的女儿结婚了，传说那女子有吉卜赛血统。在他儿子出生前，菲利普以一名普通水手的身份加入了海军，此时旁人对他糟糕的生活习惯和丢人的婚姻已经彻底无法忍受了。与美国的战争结束后，菲利普似乎又在一艘非洲贸易商船上当了船员，他攀登的技巧和力气深受好评。后来某天夜里，商船停泊在刚果海岸时，他彻底消失了。

菲利普·杰尔敏爵士的儿子让家族中已成遗传的怪

异长相有了些奇妙的转变。他长得高大英俊，虽然比例不甚协调，却有种独特的东方风格的高雅，罗伯特·杰尔敏是个学者也是一位调查员。他那位疯狂的祖父从非洲带回来了大量藏品，罗伯特是第一个对这些东西进行科学分类的人，他使得杰尔敏家族的名声在人类文化学和探险领域同样著名。1815 年，罗伯特爵士与第七代布莱特罗姆子爵的千金结婚，生下了三个儿子。长子和幺子身心都有缺陷，因此从未在人前出现过。家族的不幸令他十分悲伤，作为科学家他投身工作缓解悲痛，他曾两次深入非洲内陆进行考察。1849 年，他的次子涅维尔和一个粗俗的舞女私奔了，涅维尔身上既有菲利普·杰尔敏的粗鲁，也有布莱特罗姆家族的傲慢，但第二年他们回到家并得到了原谅。后来涅维尔的妻子去世，他带着年幼的儿子阿尔弗雷德一起搬回杰尔敏家居住，这个阿尔弗雷德就是亚瑟·杰尔敏的父亲。

朋友们觉得是这一连串的不幸逼疯了罗伯特·杰尔敏爵士，但事实上更有可能是一个非洲传说引发了悲剧。年迈的学者罗伯特开始搜集一个部落的传说，这个恩伽部落位于他和他祖父都调查过的地区，罗伯特希望这个部落能解释瓦德爵士说的那些荒唐故事——那座住着怪异混血生物的失落都市。他祖先留下的荒诞文件内容很有连贯性，也许那疯子的想象力受到了当地神话的刺激。

1852年10月19日，探险家塞缪尔·西顿带着自己从恩伽部落搜集的资料笔记来到杰尔敏家，其中一些传说提到在灰色的城市里住着被白神统治的白色类人猿，他坚信这些传说对人类文化学者来说很有价值。也许在交谈过程中西顿提到了很多细节，但真相永远不为人知了，因为接下来发生了一连串骇人的悲剧。罗伯特·杰尔敏离开书房，探险家被勒死了丢在房中，而且在被逮捕之前，他还杀死了自己的三个儿子，包括从未在人前出现过的那两个和私奔的那一个。涅维尔·杰尔敏虽然被杀，但至少护住了自己两岁的儿子，那老人疯狂的杀人计划显然也包括这个幼童。罗伯特此后不断尝试自杀，对杀人行为没有任何解释，在被关押后的第二年，他死于脑出血。

在四岁生日前夕，阿尔弗雷德·杰尔敏得到了准男爵头衔，但他的品位却配不上这头衔。二十岁那年，他加入一支乐队在演艺厅表演，三十六岁那年他抛妻弃子，随马戏团在美国巡回演出。他最后的结局简直骇人听闻。马戏团的演出动物里有一头很大的雄性大猩猩，它的皮毛颜色比一般大猩猩淡，脾气很温顺，演员们都很喜欢它。阿尔弗雷德·杰尔敏对这头大猩猩异常着迷，经常隔着铁栏杆与它对望，最后，他请求训练这头猩猩，剧团允许了，观众和团员们都对他的训练成果感到惊叹。在芝加哥的时候，一天早晨，大猩猩和阿尔弗雷德·杰尔敏正在进行拳击练习，双方都十分灵巧，但大猩猩用力过大，这位业余驯兽师受了伤，自尊心大受打击。后来发生的事情"地球最强马戏团"的团员都不愿说。他们没想到，阿尔弗雷德·杰尔敏爵士竟会发出一声非人类的刺耳嚎叫，双手把粗笨的敌人压倒在笼子地板上，极其残忍地咬向对方长毛的喉咙。大猩猩一开始毫无防备，但很快就反应过来。当职业驯兽师赶来的时候一切都晚了，准男爵已经血肉模糊了。

II

亚瑟·杰尔敏是阿尔弗雷德·杰尔敏爵士和一个出身不明的演艺厅歌手所生的儿子。那位丈夫兼父亲抛弃了他的家庭，母亲带着自己的儿子搬到杰尔敏家，家里已经没人了，自然没人反对他们住下来。这位女士对贵族应有的品格还是有所了解，她尽己所能让自己的儿子接受了最高等的教育。杰尔敏家族的财产现在已经所剩无几，就连宅邸都只能放任它荒废颓败，但年轻的亚瑟却热爱这座老宅和家里的一切。和杰尔敏家族的其他成员完全不同，他是个诗人也是个梦想家。邻近的家庭有些听说过瓦德·杰尔敏那位神秘的葡萄牙妻子，他们坚信拉丁血统总会显露端倪。但更多的人都只是嘲笑亚瑟对美的敏感，说是演艺厅出身的母亲教他的，社交界拒绝接受他母亲。由于外貌粗鄙丑陋，亚瑟·杰尔敏那诗人般的纤细感性更显得惊人。杰尔敏家族的大部分成员都有些令人反感排斥，这种情况在亚瑟·杰尔敏身上尤为明显。很难说他的外貌到底像什么，不过他的表情、五官，加上过长的手臂，很容易让初次见面的人对他心生厌恶。

就像是补偿外表的缺陷一样，亚瑟·杰尔敏的精神和个性十分出众。他博学多才，获得了牛津大学的最高荣誉，似乎能就此恢复他的家族在心智方面的名誉。他的气质与其说是科学家的，不如说是诗人的，他想利用瓦德爵士那怪异奇妙的收藏继续家族前辈在非洲人种学和古迹方面的研究。他极富想象力，时常想象当年那位疯狂探险家深信不疑的史前文明，甚至顺着探险家疯狂的笔记和图画编出许多有关那座死寂城市的后续故事。而丛林中那些混血种族依然面貌模糊，亚瑟对它们既着迷又惧怕。他为自己的奇想寻找可能的事实依据，结果在曾祖父的收藏品和塞缪尔·西顿的恩伽资料中发现了线索。

1911年，母亲去世后，亚瑟·杰尔敏爵士决定竭尽所能去调查真相。为了筹集必要的资金，他卖掉了一部分庄园，随即整理行装出发去了刚果。比利时当局给他安排了一队向导，他在恩伽和卡里里度过了一年时间，并且获得了出乎意料的丰硕成果。在卡里里部落有一位叫姆瓦努的酋长，此人记忆力极佳，头脑聪慧，而且对古代传说也很感兴趣。这位老人证实了杰尔敏听说的所有传说，并把自己所知的石砌城市和白色类人猿的传说告诉了他。

据姆瓦努说，那座灰色的城市已经不存在了，因为城中那些混血生物在许多年前就被好战的努班固族毁灭了。而努班固族在破坏了城市、杀光那些生物后，就把被剥制的女神运走了，被剥制的女神正是他们寻求的目标，那是一位白色的类人猿女神，混血生物非常崇拜她，因为根据刚果的传说，她曾是统治那些生物的公主。姆瓦努不知道那些像猿猴一样的白色生物是什么东西，但他认为，可能就是这类生物建造了那座业已毁灭的城市。杰尔敏觉得从这个故事得不出任何结论，不过再三追问之下，他得知了一个有关被剥制的女神的详细传说。

传说，类人猿公主被从西方来的伟大白神娶为妻子。

他们一起统治那座城市，过了很久，白神的儿子诞生，他们三位一起离开了城市。其后只有神和公主两人回来，公主在这里死去，她神圣的丈夫把她制成木乃伊，奉祀在巨大的石室中供人膜拜，然后就独自离去了。传说从这里分裂出三个版本：第一个版本说，此后没发生任何事情，只是被剥制的女神变成了部落间霸权的象征，因此努班固族就把女神运走了。第二个版本说，神最后又回到了城市，并在安置于墓穴中的妻子脚下死去。第三个版本则说，他们的儿子回来了，他长大成人——也许应该说是成猿或成神才对，总之他对自己的真实身份一无所知。显然这些富有想象力的黑人将真实事件夸张成了怪诞的传奇。

瓦德爵士记载的丛林城市是真实的，亚瑟·杰尔敏对此不再怀疑。1912年初，他来到那座丛林城市的废墟时也并不感到惊讶。这城市的规模极大，满地散落的石头表明，这里肯定不是黑人村落。可惜的是，探险队没有找到任何雕刻作品，但他们发现了一条通道，可能通往瓦德爵士所说的地下洞窟，但由于探险队规模太小，他们没能将通道清理出来。亚瑟·杰尔敏找过这一地区的各族酋长，讨论关于白色类人猿和被剥制的女神的事情，但老姆瓦努不愿向欧洲人透露更多的信息了。瓦尔海伦当时是比利时驻刚果的贸易中间商，他也曾隐约听过被剥制的女神的传说，他坚信自己虽然不知道被剥制的女神在哪里，却一定能找到，因为昔日强大的努班固族现在效忠于阿尔贝国王的政府，只要稍加说服，就能让他们交出当年那具令人毛骨悚然的女神。于是亚瑟·杰尔敏在返回英国期间一直期待着，因为再过几个月自己就能得到那件人种学上的无价之宝，就能证明自己的高曾祖父当年写下的荒诞传说其实是真实的——要知道，那也是他听说过的最离奇的传说。当然，住在杰尔敏家附近的农民可能还听过更奇怪的故事，那些都是他们的祖辈在"骑士脑袋"酒吧的桌边亲耳听瓦德爵士讲述的。

　　亚瑟·杰尔敏耐心地等着瓦尔海伦的货物，在此期间，他越发仔细地检查了他那疯狂祖先留下的手稿。他忽然觉得自己和瓦德爵士很像，于是不仅调查了瓦德从非洲带回来的东西，也找出了他当年的私人用品。关于那位离群索居的神秘妻子有很多流言蜚语，但是她在杰尔敏家宅里没有留下任何东西。亚瑟不明白为什么要把她留下的痕迹消除得这么彻底，他认为这主要是因为瓦德发疯了。他想起人们说他的高曾祖母是一位在非洲的葡萄牙商人的女儿，很可能她学识浅薄，对非洲大陆知之甚少，也许她嘲笑了瓦德爵士关于非洲内陆的见解，恐怕瓦德难以原谅这种行为。她之所以死在非洲，很可能是因为瓦德为了证实自己所言不虚，把她强行带去。亚瑟沉溺于这些想法，甚至对一个半世纪前两位祖先的徒劳行为失笑。

1913年6月，瓦尔海伦寄来信说他已经找到了被剥制的女神。那个比利时人确定无比地说：此物极不寻常，他这个外行人无法加以分类。他不知道那到底是人类还是猿猴，只有科学家才说得清，不过物品有损坏，科学的鉴定也会非常困难。此外这东西历史太久，加上刚果的气候不适合保存木乃伊，而且剥制的手法也很不成熟。在那生物的脖子上挂着一条金链，链子上坠着一个形同家族纹章的小盒子，这东西大概属于被努班固族袭击的不幸的旅行者，后来被当作护符一类的东西挂到了女神的脖子上。在写到木乃伊的面孔时，瓦尔海伦开始了异想天开的比较，准确来说只是开玩笑，他说那东西的脸和亚瑟很像，不过他的兴趣主要在科学方面，也就没有更浪费笔墨说闲话。他只是说，被剥制的女神会在一个月之后送到。

1913年8月3日的下午，箱子里的东西被送到杰尔敏家，随即就被运到罗伯特爵士和亚瑟摆放非洲物品的大房间。再后来发生事情，就只能从仆人的讲述和事后对东西和文件的调查来推测了。在各种各样的证词中，要数年迈的管家索姆斯的最为可信。根据这位诚实的管家说，开箱前，亚瑟·杰尔敏把所有人都赶出房间，接着就传来锤子、凿子的声音，说明他毫不犹豫地开箱了。接下来是一阵静寂，索姆斯也难以判断具体时间。接着大约不到一刻钟，屋里传来了极其恐怖的尖叫，那声音肯定是亚瑟·杰尔敏发出来的。他从房中飞奔而出冲向玄关，似乎被穷凶极恶的敌人追赶一样，他的表情非常可怕。当他快要跑到大门的时候，似乎想起了什么，又急忙沿着楼梯跑回地下室，仆人们目瞪口呆地望着那楼梯，这是他们最后一次见到主人。他们闻到地下室里飘来油的气味，随后从地下室通往中庭的门那边发出了声响。一个马童看见亚瑟·杰尔敏从头到脚都闪着油光、冒着油味，偷偷离开房子，消失在宅邸周围的黑色荒地中。其后，在无比的恐怖中，所有人都目睹了亚瑟·杰尔敏的终结。从荒地上冒出火苗，接着腾起火焰，焚烧人体的焰柱直冲天空，杰尔敏家族从此就不复存在了。

亚瑟·杰尔敏烧焦的骨骸没有被收集起来埋葬，因为后来人们发现了一些东西，主要是箱子里那个东西。被剥制的女神干枯萎缩，长满蛀虫，令人作呕。它肯定是某种未知的白色类人猿，但体毛比有记录的任何类人猿都少，而且，外观非常接近人类——简直让人惊恐。在这里详加描述可能会引起读者的不快，所以只写出它最显著的两个特征。这两个特征无论是和瓦德爵士的非洲探险笔记对照，还是和白神与类人猿公主的传说对照，都一致得骇人听闻：其一，挂在木乃伊脖子上的有锁的黄金小盒上的纹章正是杰尔敏家族的纹章；其二，瓦尔海伦曾开玩笑说木乃伊和亚瑟有些相像，而对敏感的亚瑟·杰尔敏来说，这相像之处是如此清晰、可怕，充满反常的恐怖，因为他自己正是瓦德爵士和那位神秘妻子的曾曾曾孙。皇家人类学学院的成员烧掉木乃伊，把小盒扔进深井，甚至还有些人绝不承认亚瑟·杰尔敏爵士曾在世界上存在过。

The Whisper in Darkness

黑暗中的低语

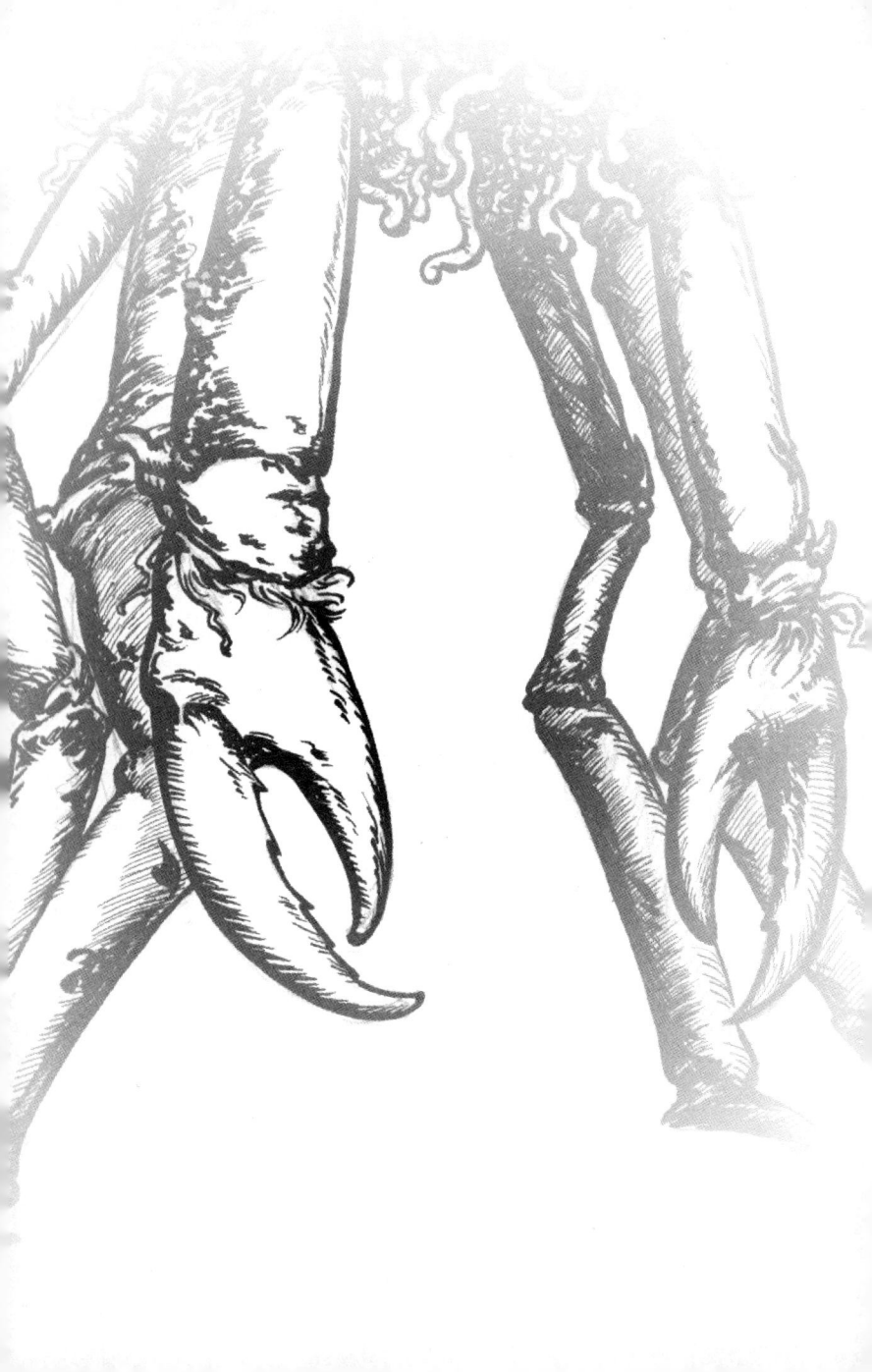

I

　　我很清楚地记得，直到整个故事的最后我都没有看到任何一幕真实的恐怖场景。我之所以对此事做出这样的猜测，完全归结于这件事情给我带来的强烈心理冲击与无法比拟的精神震撼，我只有这样做才能逃避最后这段经历中隐含的事实真相。而这种猜测也正是我的救命稻草。

　　那晚我从偏僻的埃克利农场疯狂地跑出来，驾驶着从路边抢来的一辆汽车，在佛蒙特州荒凉的山野林间一路飞驰。尽管我也曾经听过并见过一些阴森晦涩、玄奥莫测的东西，尽管我也承认那些东西确实在我脑海里留下了栩栩如生的画面，但是，哪怕是现在的我也无法去判断自己对此事做出的那种骇人听闻的推断是否正确。毕竟单凭埃克利失踪一事根本无法证明什么。除了室内外墙壁上留下的弹孔，人们并没有在他住的房子里面发现其他证据。就好像他只是临时到山间闲逛，至今还没有回来，甚至没有一丝迹象表明那里曾经有其他人来过，也没有任何痕迹显示在他的书房里曾经存放着某些恐怖的圆缸和古怪的机器。而他对于那些紧紧簇拥的葱翠群山，山间淙淙流淌的溪流，以及这一片他出生并成长的土地所表现出来的异常的恐惧，也同样说明不了任何问题——世界上有成千上万的人都会出现这种病态的恐惧。而且，这些怪癖也极易被人用来解释他在最后那段时间里所表现出的古怪行为与极度恐惧。

对我而言，整个事情始于 1927 年 11 月 3 日佛蒙特州那场史无前例的洪水。那时的我和现在一样，是马萨诸塞州阿卡姆米斯卡塔尼克大学的一个文学讲师，同时也是一名热衷研究流传于新英格兰民间传说的业余爱好者。在那场洪水后不久，报纸上全是一些关于灾区的艰苦以及有组织的救援活动之类的报道，还有一些是关于发现了古怪之物的，说是在一些汹涌的河面上发现了怪异的漂浮物。为此，我的很多朋友出于好奇，开始对此事讨论了起来，并询问我一些关于这方面的问题。我很高兴自己关于民间传说的研究得到了他们的重视，同时也竭尽所能地去贬低那些过于荒谬且不明确的说法，很明显，那些离谱的说法源自那些流传于偏远地区的古老迷信传说。在对此事的讨论中，我发现有好几个受过高等教育的人竟然坚信，在那些传闻之下很可能掩藏着某些隐晦的、扭曲的事实真相，这让我觉得很可笑。

不过，这样一来，那些传说倒是吸引了我的注意。它们大多都来自新闻剪报上的报道。不过也有一个奇谈是口头传到我耳朵里的。我一个朋友的母亲就住在佛蒙特州的哈德威克镇上，在她给我朋友的来信中多次提到了一件怪事，怪事似乎在三个不同的区域都出现过，其中一例发生在蒙彼利埃附近的威努斯基河；另一例则发生在纽芬那边流经温德姆郡的西河；还有一例发生在以林顿维尔上方加勒多尼亚郡中的、以濒帕苏姆西克河为中心的那片水域。尽管如此，在流传的几个版本里，关于这件怪事的描述都大致相同。当然还有一些说法也提到了一些零零散散的现象，但通过分析，它们似乎都可以直接归结到以上三例中去。在每一例事件中，村民都声称看到在洪水里出现了一个或是几个怪异得令人不安的物体，而洪水都是从人迹罕至的山谷中奔涌出来的。村民们将看到的这些怪异的东西与一连串几乎已被人们遗忘的隐晦传说联系了起来。这些隐晦传说都是从老一辈那里挖掘出来的，在这种情况下，又流传开来了。

那些村民认为他们看到的都是一些有机形态，不过

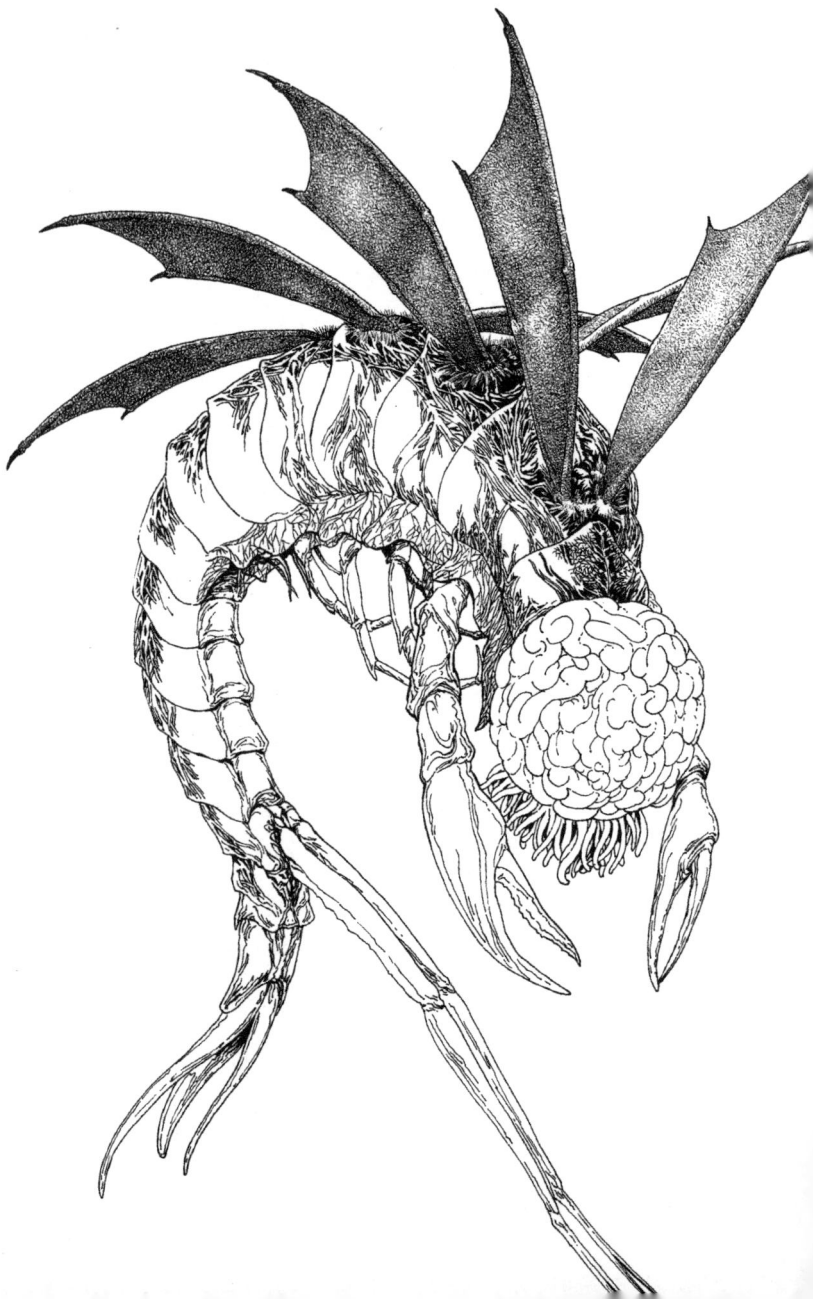

与他们以往所见过的任何生物都完全不同。这其实是很自然的现象，在大洪水后的那一段悲惨日子里，有许多人类的尸体被洪流挟带着冲向下游。但是村民们却很肯定他们所看到的东西绝非人类的尸体，虽然从尺寸大小和外观轮廓上的确与人类的身体有相似之处。甚至还有目击者称，那些东西也绝不会是佛蒙特州境内已知的任何种类的动物。在这些人的描述中，那些东西身体上有一层外壳，呈粉红色，大约有 5 英尺长。背部生有一对很大的鳍或是类似于膜状双翼一样的器官和几对铰接式的肢体。而在本该是头部的位置上，却长着一个结构复杂的椭球体，上面覆盖着大量短小的须。在这些不同来源的报告中，竟然出现了如此一致的描述，的确很不平常，令人惊讶不已。在这一段时间，这一片山区都流传着同样的古老传说，而这些古老传说中的生动画面很可能会令相关的目击者产生更为生动的想象，所以在描述中会出现相仿的想象与实体交织在一起。基于这一事实，让我对此事不再感到那么惊异。于是，我给出了这样的结论：在每一件类似的事例中，居住在偏远地区的那些未受过教育、头脑简单的村民们在洪流中所看到的只是被水泡得已经肿胀起来的、残缺不全的人类或是农场动物的尸体；这些愚昧无知的村民却任由头脑中那些模糊不清的民间传说为那些浸泡在水中的尸体强加上一些怪异的因素。这个古老的民间传说极为阴郁，有些地方甚至闪烁其词，其中大部分内容早已被现代人遗忘了。不过，中间的一些东西显得特别异常，显然可以看出它们受到过某些更为古老的印第安传说的影响。我从未去过佛蒙特州，但是我读过伊莱·达文波特留下来的那本极其珍贵的著作，通过著作中所述的一些文字，我对这个民间传说了解得并不少。在那本著作里，伊莱·达文波特记载下了1839年以前他从这个州里最年老的本地人口中得到的一些描述。而且，这些记述与我从新罕布什尔州的群山之中的上了年纪的老人那里亲耳听到的传说也很相像。简单地说，这个民间传说暗示有一种隐匿着的可怕生物种族潜伏在那些遥远的群山之中——在那最高峰顶的密林深处，在那些不知源自何处的溪流冲击而形成的阴暗山谷之中。

很少有人类能瞥见这些生物，但总有极为少数的人声称这类生物确实存在。在人迹罕至的山林之中，或是某些连狼群都会回避的悬崖峭壁之下的峡谷之中，曾发现它们存在的证据：在林间溪边的泥地里或是荒芜贫瘠的干土上留下了怪异脚印或是爪印；一些用石头堆砌而成的环形怪圈，石圈四周的野草已被踩踏殆尽。那些怪异的东西看起来并不像本来就存在于此，从形状上来看它们也不像是自然天成的。另外，深山中还存在一些深不可测的洞穴，洞穴的出口被巨大的岩石堵住。依照洞口的情形来看，绝非天然。在这些洞穴入口处也发现了奇怪的脚印进进出出，数量远远比在其他地方发现的要多——如果人们对那些脚印的指向判断正确的话。最为可怕的是，那些冒险来到这深山老林里的人曾经看到过那些东西——在日暮黄昏之时，在最偏远的山谷之中，或在那些超出普通人攀登极限的峭壁上的密林之中看到过它们。当然，这种情况实在罕见。

如果村民们对这种生物的零散描述并不是那么众口一词，也就不会给人带来极为不安的怪异感觉。可事实就是如此，几乎所有的传言都有很多相似点。所有的描述都对这种生物做出了这样的断言：体型巨大，身上呈浅红色，是一种蟹类生物；生有几对对足，背部中央的位置生出像蝙蝠一样的双翼；有时候，它们用所有的对足行走；有些时候只用最后的一对对足前行，其他的对足用来搬运一些不知是什么的大型物件。曾经有一次，有人竟然看到大量的此类生物聚集在一起，数目可观。遇到林地间的水流时，它们分队行动，从浅水处涉水而行。每三只一起并肩而行，俨然像是受过训练的士兵。还有一次，有人看到其中一只正在飞行——在夜空下，从一个孤寂的、光秃秃的山头起飞，扇动着翅膀。在那一刻，圆月的光辉勾勒出它身体的巨大轮廓。随后，它便消失在夜空之中。

基本上，这些生物看起来很满足于现在的生活，并没有打扰人类。但是有些时候，它们可能与那些胆大冒险者的失踪事件有很大关联，尤其是当人们把房子修建在靠近某些山谷，或者是某座大山的深处时。很多当地村民已经意识到在这里安家是很不明智的做法。在当地，这种感觉已经延续了很长一段时间。不过，当地的人们却早已遗忘这种感觉到底源自何处。即使是当地的村民也已无法确切记起在那些低矮的绿色山间沟壑之中，到底有多少村民消失不见，又有多少农舍被焚毁化为灰烬，他们还是会战栗着抬起头，恐惧地望向邻近不远处的山峰绝壁和山间悬崖。

根据最早期的传说描述，这些生物似乎只会伤害那些贸然闯入它们隐秘居住地的人类。但后期的传说中则提到这些生物对人类有很强烈的好奇心，它们曾试图在人类世界建立秘密前哨。有一些记载中还描述到有人一早醒来发现窗户旁边有奇怪的爪印；另一些则记载了在一些明显不属于这些生物居住的地方，偶尔也发生过一两件同一性质的失踪事件。此外，还有些故事描述：有少数孤身走在深山密林中的小路和车道上的行人曾经听到某些生物模仿人类语言向人类寻求帮助，这让他们感到无比惊异；还有一些住在原始森林山脚下的人家里，在院子里玩耍的小孩常会被一些他们听到的声音或是看到的怪物吓得惊慌失措、魂不附体。这些传说一直流传着，直到它们逐渐被人们当作是一种迷信，与所发生的那些可怕的地方渐渐脱离了关系。有些记载中竟然还涉及一些隐居在深山之中的隐士以及生活在偏远山区的村民。据说这些人好像在生活中的某一段时期会经历一次思想灵魂上的巨大转变，这种转变让人感到一种说不出来的厌恶之情。身边的人刻意地避开他们，不再和他们交往，会窃窃私语地谈论着他们古怪的言行。四处流传着这样的谣言：这些普通人把自己出卖给了那些古怪的生物。大约在 1800 年，东北地区的一个郡里，人们开始指责一些行为古怪且被当地人排斥的隐居者，控诉他们正在慢慢被那些让人憎恶的异类生物同化，或是已成为那些异类生物的傀儡。这种控诉行为在那段时期愈演愈烈，竟然演变成一种普遍现象。

至于那些东西到底是什么，答案也是各式各样。它们普遍被人们称作"那些东西"或是"古怪的东西"，在各个地方某一短期时间内也出现过其他的叫法。数量众多的清教徒居民则直接把它们看作是魔鬼的使者，并推测它们就是那些令人畏惧的鬼神之说的根源。那些继承并一直保留着凯尔特传说的人们是一少部分居住在新罕布什尔州的英格兰移民的后裔，他们在获得了总督温特沃思的殖民许可后一直定居在佛蒙特州。他们在潜意识里总是会把那些古怪的生物与邪恶的妖魔，以及生活在泥沼之中的矮小人类联系在一起；他们靠着世世代代流传下来的一些零星的咒语保护自己不受侵害。然而，最为离奇的是印第安人关于这些东西的看法。尽管印第安人不同的部落中流传着不一样的传说，但是在某些重要的方面各个部落的传说却是相似的：他们都一致认为那些古怪的生物并非属于人类所在的这颗星球。

在各式传说中，最为生动的当属在彭纳库克人中流传的故事。故事中有这样的描述：一群生有双翼的生物自大熊星座中的行星而来，从天空降落到地球上的深山之中，并在山中开采矿产。它们在这里寻找某种在其他星球都无法找到的石头。这群奇怪的生物并没有在这深山之中居住，只是留下了看守前哨，而它们会带着在山中寻找到的石头飞回自己位于北方的星球。除了受到迫近或窥探，它们一般不会伤害人类。山间的动物会主动避开它们，只是出自兽类本能的敌意，并不是因为害怕被它们捕食。传说称，这类生物无法以地球上的动物或其他东西为食，它们会从自己的星球上携带食物。人类千万不要去接近它们，有些时候总有一些年轻的猎人进山狩猎，之后就再也没有回来过；也不要去倾听它们在深夜的林间窃窃私语，那是一种嗡嗡声，就像是蜜蜂试着模仿人类的声音。这种生物懂得人类所有的语言——彭纳库克人、休伦人以及北美印第安五个部落所使用的易洛魁语系的所有语言。但它们似乎并没有属于它们自己的语言，或许它们并不需要。事实上，它们用头部来和同类交流，它们靠头部变幻出不同的颜色，表达想法。所有与此相关的传说，不论是流传于白人之间的还是流传于印第安人部落之中的，偶尔会在短期内骤然流传于人群之中，不过到了19世纪时已渐渐地销声匿迹。而佛蒙特州人的生活方式已固定了下来——他们曾根据某个计划，把族人走过的路径和居住过的地方确定下来，并在此繁衍生息。可是，到底是怎样的恐惧致使他们做出了逃避的决定？知道其中缘由的人越来越少，甚至就连这些人都记不清自己的族人曾经有过某种趋于逃避的恐惧。绝大多数人只是知道山中的某些区域非常危险，既没有生财之道，也不能在那里居住，否则人生将会遭遇厄运。一般情况下，离那些地方越远越好。最终，在风俗习惯和经济利益结合之下产生的传统逐渐在那些人们居住的土地上产生了极大的影响，深深印在人们心里。不管怎样，他们都不愿再走出自己那片安全的世界。那些经常出没在山林里的东西也被人们放弃了，这并不是有意识的行为，只是意外的结果。除非是在当地一些不常见的集体恐怖时期，不然也就只有那些大惊小怪的老祖母们，或是那些怀旧的 90 多岁的老人会念叨着那些生活在深山老林里的生物。甚至就连这些老人们也承认那些生物已经习惯了在那里居住，既然人类已不再去打扰它们，那么也不用再害怕它们的侵害。

事实上，在很早之前我就已经知晓此事。因为我在一些书中看到过与此相关的传说，在新罕布什尔州听到的某些民间故事中也对此有所提及。所以，当洪水泛滥期间开始流传起那些谣言时，我很容易地就能猜到这些荒诞不经的传闻是从什么样的虚构的想象背景之中衍生出来的。我费了很大的精力向朋友们解释，可还是有人对此产生异议，仍然坚持那些新闻报道中存在着一小部分合理的成分，我也只能对此一笑了之。这些执拗的人指出：那些早期的传说已经流传了相当长一段时间，并且这些传说中都存在着某些一致的地方；另外，佛蒙特州的那些深山并没有被勘查过，谁也不能武断地说那里有什么东西居住着，或是断定根本没有东西在里面，这样的结论并不明智。我告诉他们所有的这些传说都是人类早期阶段创作出来的天马行空的经历，这种经历会产生同一种类型的幻想，它们使用的是一个众所周知的、对绝大多数人都适用的固定模式。即使如此，他们仍然还是坚持己见。

我想说服这些顽固不化的朋友们，那些佛蒙特州的传说虽然与那些普遍存在的，把自然现象人物化的传说有些许差别，但从本质上来看并没有什么不同。接着，我试着以传说中的描述来论证我的观点：在那些远古传说中，世界里充斥着半人半羊的怪物、树妖以及半人半兽的萨特[①]；希腊近代传说中也描绘了邪恶的卡里坎若里亚妖精[②]；在威尔士和爱尔兰的荒野中出现了某种身材矮小、极为怪异且可怕的异类种族，它们在地下掘洞并穴居于地下。但是，我所说的这些对他们都没用。于是，我又指出尼泊尔的山地部落中也流传着一些与佛蒙特州传说极为相似的东西，在那些传说中，令人畏惧的米·戈或是原始雪人还潜伏在喜马拉雅山顶的岩石和冰山中。

①萨特（Satyrs）：希腊及罗马神话中半人半兽的森林之神。——编者注
②原文为 kallikanzarai，但疑似 kallikantzaroi，希腊民间传说中一类坏心肠的小妖精。——编者注

可事实证明，这对于他们来说也同样无济于事。当我以此为论据时，反对者们却反过来借用它们作为他们辩驳的实例，声称这肯定暗示了那些古老的传说中的某些方面确有其事，也表明了在人类出现之前地球上确实存在着某些古老怪异的种族，它们在人类出现并处于支配地位之后不得不隐匿起来了。不过，可以想象得到，这些幸存于世的生物数量虽少，但在后来的时期内仍然还存在，甚至到现在可能依然存活于世。

我越是觉得这些说法很可笑，我的那些朋友就越是坚持他们的看法。此外，最近的这些报道并没有古老传说的背景，在这种情形下，报道的文字描述竟然能如此清晰、一致和具体，而且以一种趋于平淡并没有夹杂个人感情色彩的方式叙述事件的经过，单从这些来看也绝不容小觑。其中，有两三个狂热的极端主义者越说越远，他们提到了那些流传于印第安人之中的古老传说，并认为这些传说暗示了那些隐匿起来的生物并非地球上的物种。他们还引用了查尔斯·福特①所著的荒诞不经的书籍里的句子："总有一些来自其他世界以及外太空的时空旅行者会经常造访地球。"来证明自己的观点。不过，

①查尔斯·福特：美国作家，著有《说谎：你所不知道的一切》。——编者注

他们当中的绝大多数还仅仅只是些浪漫主义者。他们正试图把亚瑟·梅琴[①]出色的恐怖小说中所塑造出来的那些具有奇异智慧、潜伏着的"小人"转移到现实的世界中来。

II

在这种情形下，这场激烈的争论最后终于以往来书信的形式出现在了《阿卡姆商报》上，其中的一小部分还被佛蒙特州那些传出过此类传闻的地区的报纸转载了过去。《拉特兰先驱报》从争论双方的书信中摘录了一部分内容，以半个版面的形式刊登了出来。而《伯瑞特波罗改革家报》则完全转载了我的一篇关于历史和传说学的摘要，并在"庞德伏特"思想专栏里附上了一些与此相关的评论，支持我的结论。到了1928年的春天，我几乎已经成了佛蒙特州家喻户晓的人物，尽管之前我从未去过那儿。也正是在那一段时间，我收到了亨利·埃克利寄来的一封有争议的信。这封信给我留下了极为深刻的印象，他向我描述了一个迷人的地方：那里群山簇拥、绿崖险立、溪水淙淙、树木葱郁。如此美丽的景色让我

---

①亚瑟·梅琴（1863—1947年），威尔士作家，主要从事恐怖、幻想和超自然方面的写作。——编者注

深深地陶醉了，并开始对这片土地着迷——这是第一次，也是最后一次。

我对亨利·温特沃思·埃克利的了解绝大多数都来自信件——在我住进他那栋偏僻农舍之后与他的邻居交流的信件，以及与他来自加利福尼亚的儿子互通的信件。通过这些信件，我了解到：他的家族在当地历史悠久，而且相当有名望，他属于这个家族中辈分最低的一代。这个家族中曾经出过法官、行政官员以及温文尔雅的农场主。然而，到他这一代时，家族的重心已经从实际事务转向纯学术性的研究。他曾经是佛蒙特州州立大学里一个相当出名的学者，在数学、天文学、生物学、人类学以及民俗学等方面颇有建树。我之前从未听说过他，在与他的交流中他也从没有和我说过他的个人情况。但是，从一开始，我就感觉到他是个很有教养、智商很高、富有个性的人，他喜欢独处，对世俗之事知晓不多。

尽管埃克利在信中所说的一切令人难以置信，但很快我对他所说的一切极为重视。之前，我从未这样严肃地对待过其他反对者提出的观点。一方面，他确实近距离地接触过那些异象——亲眼见过，也亲手触摸过，并对此做出了一些荒诞离奇的猜测；另一方面，他能像一个真正从事自然科学的人那样，暂且把自己的推断放在一边等待论证，这着实令我感到惊讶。他没有一上来就把个人对此事的偏好提出来，而是用确凿证据一步步进行推论。当然，我还是会考虑他在推论中出现的错误，但是他所犯下的高智商错误仍然值得肯定。看完信之后，我并没有像他的朋友们那样将他对郁郁葱葱的群山所产生的想法和恐惧归因于他的精神错乱。我能感觉到在他的身上发生过很多事情；也能肯定他所说的一切都来自一些值得调查的奇异情形，不过这些情形应该和他推测出来的那些不可思议的说法没有什么关系。过了些时候，我收到了他寄来的一些实物证据。正是这些实物，将整件事推到一个与我之前推测完全不同，并且让我感到极度困惑的怪异层面之上。

我认为最好还是尽可能地把埃克利的信件完全誊抄下来，好让读者更清楚地了解所有的情形。在埃克利的这封长信中，他大致介绍了自己遇到的情况。这封信在我的思想发展中是一个意义重大的里程碑。此刻，这封信已经不在我这里了，但是，我能记住信中的每一个字。在这里，我要重申一遍：我坚信写下这封信的人心智健全。下面就是这封信的内容——我收到信时，看见信纸上面写满了难以辨认的潦草古体字迹，显然写这封信的人一直在静心地做学问，很少涉及学术以外的世界。

马萨诸塞州阿卡姆

索顿斯托尔大街 118 号

阿尔伯特·N.威尔马斯先生

佛蒙特州温德姆郡汤恩森德，

1928 年 5 月 5 日

尊敬的先生：

我怀着极大的兴趣阅读了《伯瑞特波罗改革家报》（1928 年 4 月 23 日那一期）上刊登的您的那封信。在信里，您谈论了您对于最近一些关于去年秋天洪水泛滥之时，在水面上发现的奇怪的漂浮物的故事，以及对那些与此相吻合的奇异民间传说的一些看法。可以很容易理解一个局外人为何会站在您这样的立场上来看待此事，也不难理解"庞德伏特专栏"为何也会支持您。佛蒙特州内外所有受过教育的人一般都会对此事持这样的看法。这也是我年轻时（我现在已经 57 岁了）还没进行那些研究之前的看法。但是，后来我开始进行广泛的研究调查，而且也开始钻研达文波特的一些书籍。正是在那些书籍的引导之下，我对这附近的一些人迹罕至的深山进行了探测，从而改变了当初的想法。我已从那些愚昧无知的年老村民那里听来的奇怪传说为出发点对它们进行研究，但现在我真的希望自己从来就没有涉足过整件事情。

在面对这个人类学及民俗学的主题时，我可以非常谦虚地说，我对这些略知一二。我曾在大学里对类似的主题进行过大量的研究，也熟知这一领域绝大多数的权威专家，如泰勒、卢布克、弗雷泽、卡·特勒法热、默里、奥斯本、基恩、G. 艾略特·史密斯，等等。另外，那些与人类一样古老的隐匿种族的传说对于我来说也并不少见。我已经读了您被刊登在报纸上的信，也浏览过那些《拉特兰先驱报》上您的反对者的信件。所以，我想我应该能猜出目前您对此事的辩论正停留在哪个阶段。

但是，现在我想说的是：尽管从目前所有的推理来看，您的看法似乎是正确的。不过，对于此事，您的辩论对手恐怕要比您更接近事实真相，甚至可能连他们自己都没有意识到他们所说的几乎就是事实真相。当然，他们仅仅只停留在理论层面上，而且他们也并不知道那些我所了解的详情。如果对于此事，我和他们一样只了解一些皮毛的话，我觉得相信他们所说的那些看法也是合乎情理的，但我完全站在您这边。您看，对于此事我现在还是没能直截了当地说出重点来，也许是因为我真的害怕去谈论这件事。但是，我确实想告诉您的是，我有一些确凿的证据可以证明在那些人迹罕至的深山老林中，住着那些可怕的生物。我并没有亲眼看到那些报道中所说的漂浮在水面上的怪异东西，但是我曾经在一些情形下见过类似于那样的东西，到现在我都害怕再提起见过它们的那些地方。我还曾见过它们留下的脚印，甚一直到最近，我还在我住的房屋周围见过这些脚印（我住在汤恩森德村南边埃克利家族的旧居，就在黑山的旁边），那些脚印距离我的住处很近，我现在想起都心惊胆战不敢再多提。我也曾无意中听到从山间深处传出来的一些诡异的声音，我不愿在纸上用笔把这种声音再描述出来。

在一个地方，我听到过很密集的这类声音。于是，我就拿着一台带录音设备的留声机录了下来，请您来听一听我录下的这些声音。我也曾专门找到一些住在这里的老人，并用机器在他们面前播放过这些声音，其中有一个声音将他们吓得四肢僵硬、瘫倒在地。因为他们听到的那个声音（达文波特曾在书里提到的密林里传出的"嗡嗡"声）跟他们的祖母那一辈人提到并且模仿过的声音一模一样。我知道，当一个男人说他听到了一些奇怪的声音时，大多数人会用怎样的眼光来看待。但请您在下结论之前先听一听我录下的这些声音，并且去问问那些住在偏远地区的，上了年纪的村民们对这些声音又是什么反应。如果您还是认为此事没有什么奇异古怪，完全是正常的，那也只好如此。但是，在这些背后绝对隐藏着一些东西。毕竟无风不会起浪，您也知道的。

我现在给您写这封信的目的并不是要和您展开一场辩论，而是要告诉您一些关于此事的信息。我想，像您这样有品位的人都会对这些信息感兴趣。这些事情，我只会在私下里和您交流。到了公开的场合，我还是会支持您的观点。因为就此事而论，我明白还是不要让人们知道得太多为好。我现在对此事的调查研究完全是在私下进行的，极为隐秘，我也不想说出一些事情来吸引公众的注意力并导致他们争相寻访我曾经发现过的那个地方。那些非人类的生物一直在注视我们的一举一动，在人群之中还有一些它们的间谍在收集信息！这是真的，千真万确。这些，我都是从一个不幸的家伙那里听来的，如果他精神还是正常的（我想他之前是神志健全的），他也是那些间谍中的一员。从他那里，我得到了大部分关于此事的线索。后来，他自杀了。不过，我相信现在肯定还有其他和他一样的间谍混杂在我们中间。

那些古怪的生物来自另一个星球，能够在宇宙空间里存活下来。它们凭借那对显得笨拙却强有力的翅膀在星际之间飞行。它们的双翼极其结实，能以某种方式抵抗住太空中的气流，得以飞行。不过，到达地球之后，双翼在掌控方向的过程中太过笨拙，反而没有多大的用处了。如果看到这里，您还没有把我当成一个疯子，懒得理睬的话，我以后再和您继续谈下去。

这些生物来地球是为了寻找深埋在深山之下的矿藏，这种矿藏包含一种金属，这金属正是它们想要的东西，而且我想我已经弄清楚了矿藏是从哪儿来的。如果我们不去理会它们，它们也不会伤害人类，但是如果我们太过好奇的话，就没有人知道将来会发生些什么事情。当然，一支完整武装的人类军队就可以把它们的矿藏给全部摧毁掉。正是因为如此，它们才会有所顾虑。不过，如果我们真的这样做了，就会有更多的这种古怪生物从宇宙飞到地球上来。它们能很轻易地征服我们的地球，但到目前为止它们还没这么做过，因为没必要这么做。它们宁愿让一切顺其自然，免得招来不必要的麻烦。

我想它们可能会杀死我，因为我发现了一些不该发现的东西。我在东边圆顶山的深林里发现了一块黑色岩石，石头上面还有一些难以辨认的象形符号，有一半已经被磨蚀得看不太清。我把它搬回了家。从此，所有的事情都和以前不同了。因为我对它们的事情知道得太多，我琢磨着它们很有可能会杀掉我，或者把我带到它们的星球。它们偶尔会把一些知识渊博的人类带走，以便了解人类世界的种种。

接下来，我要说说给您写这封信的第二个目的。那就是，我想劝您停止对此事的辩论，不要再公开地发表您的一些看法引发公众对此事的关注。人类绝对不能靠近那些深山，正因为如此，您才要停止公开辩论以免让人们对此事越来越好奇，直到最后一发不可收拾。如今在佛蒙特州挤满了推销商和房地产商，成群结队的夏日观光客也出现在佛蒙特州荒原之上的各个角落，各处的山上出现了不少做工简陋的提供给观光客们居住的木屋。总之，依照如此情形，天才知道现在是不是已经处于危险的边缘。对于此事，我很期待与您进行更进一步的交流沟通。如果您愿意，我会尽快将我录的声音与那块黑色石头快递给您（石头上面的字迹图案已被磨损得太严重，用照片显示并不清楚）。

我刚刚说会把东西寄给您，是因为我察觉到那些怪异生物会用某种方式来干涉我住处附近的事情。在村子附近的一座农场里，有一个名叫布朗的家伙，他总是不言不语，行为又有些鬼鬼祟祟，我猜想他应该是那些生物安插在这一带的间谍。它们正在试图逐渐切断我和外界的联系，因为我对它们的世界已经知道得太多了。它们总有些令人惊异的办法查出我都干了些什么。您甚至有可能看不到这封信。如果这种情况继续恶化下去，我想我会离开这片地区，搬到加利福尼亚的圣地亚哥去和我的儿子一起生活。不过，要离开这片生我养我的土地，这片我家族在此生活了六代之久的土地实在不是一件容易的事情。况且，现在那些生物已经注意到了我这里，我也不敢再把这栋房子卖给其他人。它们正试图把那块黑色的石头夺回去，并且想毁掉我录好的唱片。不过，如果我有其他方法，就绝不会让它们得逞。我在这里养了几只警犬，这些凶猛的犬类能吓退它们，因为现在那些古怪生物的数量还不是很多，而且它们的移动都很笨拙缓慢。之前我说过，它们的双翼在地球上进行短距离飞行时并没有多大的用处。

近期我一直在试着用一种极为可怕的方法去破译那块黑石上面的符号，很快就能得出结果。您在民间传说方面的知识储备应该对我很有用处，能为我提供充足的信息弥补我遗漏的环节。我想，您应该很清楚那些人类出现在地球上之前就已经存在的恐怖的远古传说——《死灵之书》里面提到过的关于犹格·索托斯和克苏鲁的那些传说。我曾经弄到过这本书的复印本，听说您手上有一本，匹妥善收藏在你们大学的图书馆里。

最后，威尔马斯先生，我想如果我们能合作，凭借着我们各自对此事的探索研究应该会给彼此都带来很大的帮助。但是，我实在不希望让您陷入任何危险的境地，所以我想说，拿到那块黑色石头和我录制的唱片之后，您的处境将会变得危险。不过，我想您会发现这些东西能提供给您的信息是值得您去冒任何风险的。如果您还需要什么，我会开车到纽芬或伯瑞特波罗去邮寄给您，因为那个地方的快递收发服务处更值得我信任。我现在是一个人孤单地生活，我根本没有办法雇佣外人。那些古怪的生物一到了深夜就试图接近这座房子，每当这时我门外的那些警犬总是会不停地狂吠起来，所以根本就没有人愿意住在这里。当我妻子还在人世时，我还没有深陷于此事，不然她很可能会被吓疯的，这一点让我深感欣慰。

希望我的这封信没有打扰到您，也希望您在看完信后决定与我联系，而不是把这封信当成是一个疯子的胡言乱语而扔进废纸篓里不再理会。

你真诚的，

亨利·W.埃克利

附：我把之前拍下的一些照片又冲洗了几份出来。我想这些照片会有助于证明我在信中谈到的几件事情。那些上了年纪的老人认为这些照片真实得可怕。如果您对此感兴趣，我会尽快寄给您。

我很难描述自己第一次看完这封奇怪来信后情绪的波动。这封信比以往那些平淡而可笑的怪谈更加夸张荒谬，通常情况下，我一定会嗤之以鼻。不过从这封信的字里行间所流露出来的某些东西却让我不得不用一种严肃的态度来看待。在经过了一番深思熟虑之后，我逐渐感觉到写这封信的人是神志健全的，也是极为真诚的，也能肯定他所提出的相异看法的确是基于某些真实的存在——这种存在是一种古怪离奇、不同寻常的现象，连他自己也只能通过幻想的方式来对此做出解释。我也觉得自己对这封信内容的肯定来得有些奇怪。我想，实际的情形可能和他想的并不一样。不过，从另一方面来说，这些事情也确实值得下功夫去研究。这个人似乎对某些事情过分激动和惊恐了，但是我确实很难想象他会毫无缘由地如此激动和惊恐。他在某些方面描述得很详细，他的某些想法也合乎逻辑、条理分明。毕竟，他的描述确实与某些古老传说，甚至是最疯狂的印第安传说吻合，这不得不使人为之困惑。

　　他在深山的林间无意中听到了令人烦扰的声音，并发现了那块他所提及的黑色石头，这些都极有可能真实存在。尽管他之后以此推论出了那些疯狂的想法——这些想法很可能是受到那个自称是星外生物的间谍，之后自杀了的家伙的言论影响后幻想出来的。这样就很容易推断出那个家伙肯定是疯了，但是他生前的一些违背常理的言论说法可能从表面上看还是有清晰的逻辑条理，而埃克利当时正好又在以民俗传说为基础研究类似的事情，所以就单纯地相信了那个疯子的言论。这样一来，事情渐渐发展成埃利克附近那些愚昧无知的村民也像他一样，以为有一些神秘的东西会在深夜时分把埃利克的房屋团团围住，以至于引起了狗群的吠声，所以没有人愿意来埃利克这里做事。

而关于他录的唱片，我只能相信他是通过他所说的那些方法录下来的。这声音一定代表着什么，可能是某种动物发出来的、很像是人类的语言，或者是某些隐匿于密林之中，只在夜晚出没的人类所发出的声音，这些人类可能在深山之间已经退化到一个比那些低级动物高不了多少的阶段。想到这里，我的思绪又回到了那块刻有象形符号的黑色石头上，并开始推测它可能蕴含的深意。接下来，我又想起了埃克利在信中提到他准备寄过来的照片，也就是那些令上了年纪的老人们深信不疑且惊恐万分的照片，上面到底是些什么东西呢？

我重新读了一遍那封用难以辨认的字体手写出来的信件，我突然有一种前所未有的感觉，那些与我持相异看法的反对者们在这件事情上猜测推论出来的东西可能比我所认为的要多得多！毕竟，即使传说里提到过的那些来自外来星球的异类种族并不存在，也可能会有某些古怪的、可能是世代畸形遗传的人类为逃避世人而隐居在那些人迹罕至的深山老林之中。如果是这样的话，那些漂浮在洪水中的怪异东西也不是完全让人无法相信。以此推断出那些远古传说和最近的新闻报道的背后确实存在大量的真实情况，这种假想是不是太过狂妄冒失呢？即使我对此事还是存在着一些疑惑，但是亨利·埃克利的这封信所带来的奇异想法还是让我觉得有些惭愧。

最后，我还是以一种对此事感兴趣的亲切语气回复了埃克利的信，希望他能告诉我更多的具体细节。他很快就用邮件回复了我。他兑现了之前在信中的承诺，寄来一些用柯达胶片拍摄下来的场景和实物的照片，用这种生动的画面来证实他之前在信中所描述的事情。当我把这些照片从信封里拿出来时，那些照片里的画面让我产生了一种极为古怪的恐惧感，就像是我在接近一些禁物一样。尽管照片中的影像大多都有些模糊，但是却很强烈地表现出它们都是真实存在的。这是那些东西所显见的、最为直观的视觉影像，这种影像的传递过程不会带有任何的偏见、谬误或是虚假，只有真实。

我越是盯着这些照片看，就越觉得之前对埃克利及他所描述的事情所做出的推论的评价并不正确。很显然，这些照片显示出一些确切的证据证明在佛蒙特州的深山之中确实存在着某些东西。这些东西的存在已经极大地超出了我们的理解范围，以及我们的常识。其中最让人震撼的就是那些脚印——那张照片拍摄到了阳光之下的荒僻的山地上某一处泥地上的脚印。我一眼就能看出来，这绝对不是廉价的假照片；画面上的鹅卵石与草叶清晰分明，显现出正确的画面比例，这绝不可能是二次曝光这种小把戏所能形成的图像。我刚刚称照片中的印迹为"脚印"，但"爪印"这个词或许更为贴切。即使到现在，我仍然无法准确地描绘出这种印迹，只能说它非常像螃蟹留下的螯印，人们很难推测出这些印迹的去向。这脚印并不深，也不像是最近才留下的。它的尺寸似乎与正常人脚印的大小差不多。从脚印的中间部分看，一对对像是锯齿状的螯印延伸至相反的方向。如果这个东西只有这一种可以移动的身体器官，那么这种移动的方式确实令人感到困惑。

另一张照片很显然是在很深的暗影里长时间曝光拍摄下来的。画面是一个位于山林间的洞穴入口，一颗巨大的、滚圆的鹅卵石正好堵塞在洞口。在洞口前面光秃秃的地面上，可以分辨出一些密集成网状的线路痕迹，当我用放大镜仔细观察这张照片时，我能不安地肯定这些线路痕迹中的印迹与上一张照片中的脚印极为相似。在第三张照片中，荒凉的山顶上有一处用石头堆砌着的圆环，像是德鲁伊教派中使用的那种圆环标志。在这个神秘石环的四周，我却没有找到任何脚印，虽然石环附近地上的野草大多数都被踩踏过，甚至有些地方草已经被磨蚀光了。照片背景中那些极为遥远的地方显然是无人居住的山区，群山一直绵延到远方模糊不清的地平线。

但是，如果说在这些照片中最令人心存不安的是那些怪异的脚印，那么最让人觉得匪夷所思的则是那块在圆顶山林间发现的黑色石头。埃克利显然是在他的书桌上拍下了这块黑色的石头，因为我看到在石头后堆放着几排书籍以及弥尔顿的半身塑像。埃克利拍摄的是黑色石头不太规则的曲形面，石头宽约 1 英尺，高约 2 英尺；如果要对这个表面或是对整个物体的大概形状进行具体描述，任何人类的语言都会显得苍白无力。我甚至都无从猜测它是依照哪种古怪的几何学原理进行切割的，只能确定这块石头绝非自然而成，而是有人为加工的痕迹。之前，从未有其他任何一样东西能让我感觉如此怪异，这石头明显不属于我们这个世界。至于石头表面的象形符号，我只能辨认出其中的一小部分，其中的一两个符号让我为之一惊。这些字符很可能是伪造出来的，因为除了我之外肯定还有其他人也读过疯癫的阿拉伯人阿卜杜拉·阿尔哈萨德所著的那本可怕而又令人憎厌之极的《死灵之书》。虽然我心里这样想着，但那些象形文字仍令我惊恐地战栗起来，因为我认出了其中的某些表意文字，这让我将这些象形文字与那些最令人毛骨悚然、最为亵渎神明的一些传闻流言联系在了一起——关于一些早在地球和太阳系内其他星球诞生之前就已成形的某种东西的疯狂传说。

还有五张照片，其中三张是一些沼泽和深山的场景，好像这些地方曾有某些隐匿而危险的居民生活。另一张是一个留在空地上的奇怪记号，埃克利说他是在一天早上起床后发现它并拍摄下来的。头一天晚上，他养的那几条狗比以往咆哮得都要厉害，而第二天就发现了这个记号。记号很模糊，没有人能从中得出确定的结论。不过，它和那张拍摄于荒山之上的痕迹或是爪印一样，让人感觉到恶魔般的邪恶。最后一张照片是埃克利自己住的地方：一栋白色的两层小楼，还带着阁楼，看起来整齐干净。小楼大约有一个世纪的历史了，房前的绿色草坪修整得很漂亮，一条用石子镶砌的小路通向一扇精致雕刻的乔治时代艺术风格的大门。草坪上有一个笑意盎然的男人，留着剪得很短的灰色胡子，身边蹲坐着几只大型的警犬。我猜这人应该就是埃克利自己，这照片也是他自己拍出来的——从他右手里捏着的那个连接着软管的球状按钮就能推断出来。

看完这些照片，我开始阅读那封最近才收到的冗长信件。接下来的三个小时里，我一直都沉浸在一个无法用语言表达出来的恐怖深渊之中。之前埃克利只在信中提到了一些大概，现在他在信中开始描述起那些地方的具体情形。他用较长的篇幅描述了那些他在夜里无意间听到的声音；黄昏时分他在山间密林中看到正在灌木丛中探头探脑的红色怪物；那个可怕的宇宙间的传说——他将自己丰富渊博的学识与那个自称是间谍，而后自杀了的疯子之间的对话结合起来，构成了这宇宙传说的来源。我发现自己面前充斥着某些我曾在其他地方耳闻过的名字和术语，而且它们都能和一些极为可怕的出处联系起来：犹格斯星、克苏鲁、撒托古亚、犹格·索托斯、拉莱耶、奈亚拉托提普、阿撒托斯、哈斯塔、伊安、冷原、哈利湖、贝斯穆拉、黄色印记、利莫里亚－卡斯洛斯、布朗以及不可提及的伟大存在。我感觉自己被强行拖曳着，穿越亿万年的远古岁月以及无法想象的维度空间，回到了那古老的世界，那个世界里存在着一些从外星际来的异类实体，哪怕是《死灵之书》的作者也只能用一种极为隐晦的方式去猜测。我看到了那些原始生命生活的地方和从那里往下流淌的溪流。最后，那些溪流分流出来的无数细流，与地球的命运纠缠在一起，形成了海洋。

我的大脑开始高速运转起来。之前，我一直试图弄清事情的原委，而现在，我已经开始去相信那些最为反常、最难以置信的奇谈。一系列至关重要的证据堆积起来，繁多却又无可反驳，让人心生恨意。而埃克利冷静、科学的态度将那些源自精神错乱、狂热兴奋、歇斯底里，甚至狂妄推测的想象统统排斥在外，对我的想法和判断产生了极其深远的影响。当我看完信把它搁置一边后，我已经能够理解他内心的恐惧了，我决定尽自己最大的力量去阻止人们接近那片荒凉偏僻、郁郁沉沉的山林。即使是现在，时间已经磨蚀了我脑海里的印象，并且使我开始对自己的那些经历和可怕的想法心生疑虑，但我仍不会再去提起那些埃克利在信里描述的东西，甚至不会以文字的方式将其诉诸纸上。很难想象，当这封信、录着声音的唱片以及埃克利拍摄的照片都消失之后，我竟然感觉到了欣喜。现在我希望那颗远在海王星之外的新行星永远也不会被人类发现。至于其中的缘由，我很快就会做出解释。看完那封信之后，我彻底终止了关于佛蒙特州恐怖事物的公开辩论。对于那些反对者所提出来的观察，我已不再去回应或是答应推迟到以后再应答。如此一来，关于此事的争论越来越少，直到最后慢慢地被人们遗忘。在五月下旬及整个六月这段日子，我一直保持与埃克利通信。不过，偶尔会有一封信丢失，我们不得不重述我们的观点和想法，再试着花费大量的精力重写一封。总的来说，我们努力做的事情就是把那些晦涩的传说记载的、与此事有关的记录拿出来进行对比，找出佛蒙特州出现的恐怖事物和远古世界的传说之间的关联。

首先，我们已经差不多能确定这些怪异的东西和那些出现在喜马拉雅山脉里的、可怕的米·戈是同一种东西，是梦魇的化身。另外，我们还从动物学的角度出发做了一些非常有意思的推测。如果不是埃克利曾强调过不能向任何人透露我们之间的事情，我肯定会就这个问题向我的同事德克斯特教授请教了。就算我现在违背当初的承诺把这事情告诉了第三人，也是因为我认为在现阶段对佛蒙特州偏僻的深山发出警告比保持沉默更有益于公众的安全——同样，也要对那些越来越多打算去喜马拉雅山探险的人群发出警告。另外，我们正在谈论一件具体的事情，就是破译那块邪恶的黑色石头上的象形文字。这也许能使我们挖掘出此前无任何人知晓的、更多的、更有深度的秘密。

III

到了六月底，我收到了那张留声机唱片。因为不相信当地以北的陆运支线，埃克利从伯瑞特波罗通过水路把它寄了过来。他的心里早就产生了一种被窥探的感觉，后来因为我们之间时不时会丢失一些信件，这种感觉就变得越来越强烈了。在信中，他还提到了某些人暗中进行的许多阴险活动，他认为这些人就是被那群隐匿种族生物所利用的工具和傀儡。在这类人之中，他最为怀疑的就是那个乖戾阴沉的农民沃尔特·布朗——这个家伙一个人住在山腰上一处靠近密林的地方，那里荒芜一片、了无人烟。人们经常看见他漫无目的地在伯瑞特波罗、贝洛斯福尔斯、纽芬以及南伦敦德里各地的角落游手好闲，这种行为让人极其费解。

另外，埃克利确信，曾经有一次在某种场合下，他偶然听到了一段非常可怕的对话，而布朗的声音就出现在这对话之中。还有一次，埃克利在布朗的住处附近发现了一个脚印或是爪印，这带有极为邪恶的意义。因为这个脚印竟然很奇怪地就出现在布朗自己脚印的旁边，并且是相对的方向。

所以，埃克利才驾驶着他的福特车穿过佛蒙特州荒凉的乡间小路到达伯瑞特波罗，从那里通过水运把录制的唱片邮寄给我。随着唱片一起寄来的还有一张纸，他在纸上写道：他现在已经开始害怕走那些乡间小路，除非是在阳光明亮的大白天，不然他都不敢去汤恩森德镇购买日用品。他一遍又一遍地说，对这些事情知道得太多不会有什么好下场，除非远离那些寂然又可疑的深山，离得越远越好。他还说，他打算最近就搬去加利福尼亚，和儿子生活在一起，他不得不放弃这里——放弃一个留下了自己所有的记忆和对先辈们有深厚感情的地方。这并不是件很容易的事情。

我从学校行政处借来了机器，在把唱片放进去之前，我又翻看了埃克利寄来的所有信件，仔细查看了信件中对此事的描述。他告诉我，这张唱片是 1915 年 5 月 1 日凌晨一点左右，他在一个入口被石头堵住的山洞口录下的。那个洞穴在黑山的西面山坡上，山脚下就是里斯沼泽区域。那里经常会出现奇怪的声音，正是这样，埃克利才会带着留声机和空白唱片，期待能在那个地方有所收获。以往的经验告诉他，五月前一天的晚上可能会比其他时间有更多的收获——据一些欧洲隐晦的传说记载，那一天信魔者会聚集在一起举行半夜集会活动。果然，事实没有让人失望。不过，很显然，从那以后他再也没能在那个地方听到类似的声音。

与大多数在森林中听到的声音完全不同，刻录在这张唱片上的声音倒像是举行某种仪式时发出的声音，其中有一个很可能是人类的声音，但埃克利对此一直未能确定。那声音不是布朗的，似乎来自一个有良好教养的人。不过，唱片里的另一个声音才是这件事情的关键所在——那是一种邪恶的嗡嗡声，尽管那些语句都符合正规的英语语法，而且带着一板一眼的文化腔调，却与人类的声音毫无相似之处。

当时，埃克利用留声机在那里录音。在整个录音过程中，这些设备并不是一直工作得很顺利。那个位置也并不利于录音，因为他离那仪式的场地并不近，那些发出来的声音很低沉，听不大清楚，所以最后录到的一些能听清的声音都只是一些对话片段，相当零散。埃克利给了我一份根据录音整理出来的文本。在准备播放那些声音之前，我又重新看了一遍那份文本。从文本的内容来看，并没有直接地表现出令人惊骇的恐怖，而是透露出一种隐晦的诡秘。但是，一想到这份文本从何而来，又是怎么得到的，我便能从这些文字中感受到，甚至联想到更多文字以外的东西，从它的第一个字开始都渗透着骇人的恐怖。我在这里写下我所能记得的所有，我坚信自己能准确无误地把它复述下来，不仅仅因为我反复地嚼读了那些文本，而且一遍又一遍地去听了那些刻录下来的声音，我把那一切都记在了心里。那绝不是能迅速或轻易就忘掉的东西！

……（一些无法辨识的声音）

（一个文雅的男人声音）……是森林之王……以及冷原之人的礼物……从那黑暗之源到时空之渊，从那时空之渊到黑暗之源，对伟大的克苏鲁的颂扬、对撒托古亚的颂扬，以及对那未透露名讳的"他"的颂扬永远长存！对他们的颂扬永存，遍及黑山之羊。耶！莎布·尼古拉斯！那孕育着成千上万子民的黑山之羊！

（一个模仿着人类语言的嗡嗡声）耶！莎布·尼古拉斯！那孕育着成千上万子民的黑山之羊！

（人声）它已经穿过森林之王，正在……七步，九步，走下了黑色玛瑙铺砌而成的石阶……颂扬深渊之中的"他"，阿撒托斯，汝教会……吾等奇迹……用黑夜之翼穿越星际之外，穿越那……犹格斯是最年轻的幼子，

独自在边缘处那黑色太空之中旋转起伏……

（嗡嗡声）……走出去吧，到人类世界中去，去找通往那里的道路。那里是深渊中的"他"希望知道的地方。奈亚拉托提普，伟大的信使啊，所有的一切都将会让你知晓！而"他"将会进入新的形体，以人类的姿态出现在众人面前，那蜡质的面具还有那掩藏一切的长袍，从七日之界降临人世，去俯视……

（人声）奈亚拉托提普，伟大的信使啊，穿越虚空之界为犹格斯带来异样的愉悦之人，无数蒙受福音者之父，阔步向前行于……

（声音戛然而止）

我一开始播放唱片就听到了这些古怪的词句，心里真正感觉到了一丝恐惧，不情愿地用手压下了留声机的支杆。唱针蓝宝石的针头发出刮擦声，唱片最开始是那个模糊不清而且断断续续的人声，这让我多少感觉到一点欣慰。那是一个淳厚且有教养的声音，听起来似乎略带着一点波士顿的口音，绝对不是佛蒙特州当地的村民。这微弱的声音让我急不可待，我好像从埃克利用心准备的文本上找到了这一部分的文字。当那个声音开始吟诵，用那淳厚的波士顿口音吟道：

"耶！莎布·尼古拉斯！那孕育着成千上万子民的

黑山之羊！"

接下来，我听到了另一个声音。虽然我已经看了埃克利的所有文本，有了心理准备，但声音给我带来的震撼程度依然无以言述，直到此时此刻，我回顾起自己那时的震惊，仍然会止不住地颤抖起来。之后，我向其他人描述起这张唱片中的声音时，他们却做出这样的定论：那张唱片里只是一些低劣的欺骗和疯狂的元素，除此之外什么都没有。可是，他们亲耳听过那张该被诅咒的唱片吗？或是亲眼见过埃克利书写的大量信件吗？尤其是充斥着详细的恐惧描述的第二封信。如果他们听过那张唱片中记录的声音，如果他们见过那些信件中的内容，那么他们的想法就会完全改变。我终究还是没有违背对埃克利的保证——不把那张唱片播放给其他人听，而我们交流的那些信件也全部丢失，这些让我感到极其遗憾。了解事情的背景以及相关情形的我，在直接听到那些真实的声音时，感觉到了异常的恐惧。那个紧跟在人声之后响起的声音只是仪式中的应答，但在我的想象里，那仿佛就是一种从无法想象的地狱中发出的，穿越无法想象的时空隧道传到这里的让人战栗的回音。我最后一次播放那张亵渎神灵的唱盘是两年前的事了，即使如此，直到此刻，甚至是以往的每时每刻，我仍能听到那微弱、恶魔似的嗡嗡声，就像是那声音第一次传到我耳朵里一样。

"耶！莎布·尼古拉斯！那孕育着成千上万子民的黑山之羊！"

那声音一直在我耳边回响，我却一直无法将它详尽地分析出来并进行形象的描述。那声音就像是一只令人作呕的、发出嗡嗡声的巨大昆虫生硬地发出异族使用的清晰语言。而且，我能百分百确定发出这种声音的器官，与人类或是任何哺乳动物的发声器官没有任何的相似之处。那种声音的音色、音调的幅度和泛音的频率，都相当怪异，它完全处在地球生物的声音范围之外。所以，第一次直接听到这种突兀的声音时，我几乎震惊了，茫然不知所措，感到阵阵晕眩，心不在焉地听完了后面部分。当播放到一长段嗡嗡声时，我才从之前较短的那一部分回过神来，顿时生出一种亵渎神明的感觉，这种感觉越来越强烈，深深地刺痛了我。最后，在一个操着波士顿口音且表达异常清晰的人声中，唱片戛然而止。而我，却还是傻傻地坐在那里，目不转睛地盯着那台已经自动停止的机器。

后来，我又多次播放那张唱片，试图分析和推断那声音的意义，努力地与埃克利的文本作比照。但我们对此所做出的结论并没有多大的用处，这使得我们更加烦扰不安。但是我仍可以透露一部分信息，我们一致认为在这声音中找到了一条线索，其根源是那些神秘而古老的人类宗教中某些令人无比厌恶的、最为古老的习俗。对我们来说似乎显而易见的是：那些隐匿起来的外来种族生物与人类种族中的某些成员之间存在着古老悠久且错综复杂的同盟关系。这种联系究竟到了怎样广泛的程度？和远古时期的情形相比，他们现在的状况究竟有什么不同？关于这些，我们完全无从推断。不过，这条线索至少给我们留下了空间去进行无止境的恐怖猜测。在几个明确的阶段，人类与那未知的无限时空似乎存在某些极为古老的、无法揣测的联系。这一切都暗示了那些曾经出现在地球上的不可思议的东西都来自那颗位于太阳系边缘的星球——阴暗无比的犹格斯星球。而且，这颗行星还只不过是一个被一种可怕的星际种族所占据的、生物稠密的警戒前哨，这个可怕种族的主要源头肯定在太阳系之外更加遥远的地方，甚至远在爱因斯坦所设想的连续统一的时空之外，或是远在我们所知晓的无限宇宙之外。

与此同时，我们继续探讨与那块黑色石头相关的事情，试图找到一个最好的方法把它弄到阿卡姆来。埃克利认为在他进行这些噩梦般的研究期间，我前去佛蒙特州找他是极其不明智的。所以，我们只能想个法子把那块石头从他那边给运输过来。埃克利总是为了某种原因不再相信一些平常的交通路线，或是那些在人们看来更方便的交通路线。最后，他决定自己带着那块石头穿过乡村到贝洛斯福尔斯，在那里利用波士顿至缅因州的铁路系统经基恩、温彻顿以及菲奇堡等城市运到我这里。但这种寄运的方法需要他独自驾车行驶在一些更为偏僻的地方，而且需要他穿过更多的森林路线。埃克利告诉我，他在伯瑞特波罗给我邮寄留声机唱片时，曾留意到一个男人在邮局周围不断地徘徊，那个男人的举动和表情让人感到一种强烈的不安。那个男人正对着邮递工作人员，看起来很焦虑却并没有说出什么话。后来，他还上了运寄那张唱片的火车。埃克利承认他在这期间一直担心唱片的寄送，直到后来他收到我的信件得知唱片顺利寄到才放下心来。

就在这个时候——七月份的第二周——我寄出的另一封信又丢失了。我之后在埃克利寄来的一封焦虑不堪的信里才得知此事。自那之后，他让我不要再把信寄到汤恩森德去，叮嘱我把所有的邮件都寄到伯瑞特波罗邮局的邮件存领处。这样一来，他会经常开着他的车或者乘坐长途公共汽车——当时铁路支线的客运业务已经衰落了——赶到那边去。我能感觉得出来，他变得越来焦虑，因为他已经开始在信件中详细地描述起在那些没有月光的深夜里，门边的警犬越来越频繁地咆哮；描述起有几个清晨他在农场大院后边的小路上和泥地里发现的新鲜爪印。还有一次，他告诉我他发现了一行行整齐而密集的脚印，那些印迹正留在了一行他的警犬留下的密集脚印的正对面，很显然是对立的。埃克利还寄来了一张令人严重不安的照片用以证明此事。而这些，正是在狗厉声咆哮了整整一夜后发现的。

7月18日星期三上午，我接到一封来自贝洛斯福尔斯的电报。埃克利在电报中说他刚刚将那块黑色石头寄出，它现在已经在波士顿—缅因州铁路系统的5508号列车上，于中午12时15分的标准时间离开贝洛斯福尔斯，应该在下午4点12分抵达波士顿北站。我推算出这块石头最晚会在第二天中午抵达阿卡姆。因此，整个星期四上午我都没有外出，一直等待它的到达。但直到中午之后，那块黑色石头仍未寄到。于是，我给邮局打了电话，却被告知他们并没有收到任何寄运给我的东西。这样的回复让我愈加感到惊慌，接下来我便立刻给波士顿北站的快递代理员打了长途电话。当得知我的货物根本就没有在那里出现时，我的惊讶之情却几乎消失了。前一天5508号火车只晚点了35分钟，但是那上面并没有邮寄给我的盒子。不过，工作人员答应我会对此展开搜索调查。那天晚上，我连夜给埃克利写了封信，在信中对这一天的情形作了大致的描述。

第二天下午，波士顿铁路办公室就以值得夸奖的快捷速度完成了对此事的调查报告，那里的工作人员在得知整件事情之后立刻给我打来电话。在5508号列车上工作的铁路快递职员回忆起了当天的一件事情，而这件事情似乎与我的货物丢失有关：刚过下午一点，火车在新罕布什尔州基恩暂停，这个职员与一个男人发生过争执。那是一个瘦小的男人，操着奇怪的口音，身上满是灰尘，看起来土里土气的。职员声称，当时那个男人对一个很重的盒子极感兴趣，并且坚持那是他的东西。但是列车乘客的名单上和公司邮寄的记录里都没有他的名字。他自报叫作斯坦利·亚当斯，口音很古怪，带着厚重的嗡嗡声，表达极不清晰，这种声音让那名职员很反常地感到头脑晕眩、昏昏欲睡。这个职员根本就无法回忆起他们之间的争执最终是如何结束的，只记得当火车从站台开走时，他才开始清醒过来。波士顿办公室的工作人员还告诉我，那个职员是一个年轻人，非常诚实、为人可靠，这点是大家公认的。而且他的家庭背景也明明白白，在公司已经工作了很长时间。

当天晚上，我从邮局大厅得到了这名职员的名字和住址之后，亲自赶到了波士顿与他会面。他坦诚直率，很是讨人喜欢。不过，我发现他向我陈述的信息与之前我听到的没多大区别，我并没有得到更多的信息。奇怪的是，他甚至都不敢确定他能否再次认出那个言行古怪的争执者。经过此次交流，我意识到他没法向我提供更多信息，于是我返回了阿卡姆，当天晚上分别给埃克利、快递公司、警察局以及基恩车站的代理员写了信，做完这些事时已经到了次日凌晨。我感觉到那个操着怪异浑浊声音的男人既然能够如此古怪地影响那个年轻职员的精神状态，肯定在整个邪恶的事件中占据着一个非常关键的位置。于是，我试图从基恩车站的雇员以及电报局的记录入手，希望那里的人员和记录能帮我追踪到一些关于那个古怪男人的事情，并且查出那个男人是在何时、何地、用何种方式向车站职员进行询问的。

然而，我得承认自己所做的调查均没有任何结果。的确有人曾在 6 月 18 日下午一两点的时候在基恩车站的附近看到过那个发出奇怪声音的男人，而且有一个当日在此闲逛的人模糊地记得好像看到那个男人带着一个沉重的箱子，但是这个目击者对那个奇怪男人一无所知，以前从未见过此人，在那天之后也再未看到过。从目前所知道的信息来看，这个奇怪的男人并没去过电报局，也没有从那里收到过任何的物件。而办公室也从未透露过任何一条信息告知任何人那块黑色石头置放在 5508 号列车上。这件事发生后，埃克利当然也加入对此事的调查行列中来，甚至他还专门为此事去了一趟基恩，去那里向车站附近的人们打探情况，但是他对这件事情所持的态度相对于我的来说，更倾向于宿命使然。他似乎认为那个装着黑色石头的盒子在运寄中丢失是一种不可避免的邪恶结果，这种结果充满了威胁的成分。而且，我们也不用对它还能失而复得抱有任何希望。之后，他还谈到那些隐匿在深山里的异族生物以及它们的傀儡毫无疑问地都具有某种神奇的催眠力量以及心灵感应的力量。在一封信中他还暗示说他不再相信那块黑色石头还在地球上的某个地方。就我而言，这种离奇的事情已经将我激怒了。我认为自己原本还有一个机会能从那刻在石头上的年代久远、模糊不清的象形文字中寻找到一些隐晦深刻、让人惊异的东西。如果不是埃克利在此事之后很快给我邮寄过来了一系列信件的话，这件事情也许会令我一直遗憾下去。在埃克利随后的信件中，他提到了那些隐匿在深山中的恐怖有了新的变化，这立刻吸引了我全部的注意力。

IV

从埃克利颤抖的笔迹便可知道他在写这封信时心中到底怀着怎样的畏惧，这让我深感怜悯和同情。他在信中写道：最近，那些未知的东西像是下了决心一样把他包围起来，慢慢逼近他的住所。每当不见月亮或月光暗淡的夜晚，他的警犬就会发出让人毛骨悚然的咆哮嘶号；即使在白天，在穿过僻静的小路时，他也能感觉到总有些东西在监视着他，试图阻挠他做一些事情。8月2日那天，埃克利驾车开往乡村，他发现在前方的公路上横着一截粗大的树干挡住了去路。那时，他随身带着的两只巨大警犬开始猛烈地狂吠。这种情形明白无误地告诉了他：那个时候那些东西就潜伏在他的附近。如果没有随身带上这两只警犬，将会发生什么事情，他根本就不敢去想。不过现在，只要出门，他都会至少带着两只忠实、强壮的警犬。另外，在8月5日和6日两天，公路上也发生了一些状况：有一次有人向车里的他开枪，子弹擦过车身；另一次，门前的警犬又开始咆哮，提醒主人有邪恶的东西隐匿在房屋周围的林间。

8月15日，我接到一封内容混乱的信件。这封信严重扰乱了我的心绪，我感到极度不安。看完信后，我希望埃克利能够撇开他之前一直坚持的独自忍受和沉默寡言的态度，去报警，寻求合法的援助。他在信中告诉我，在8月12日夜里，有人在他的农舍开枪，一时间子弹横飞。第二天清晨他发现自己驯养的十二只警犬中有三只中弹身亡。房屋附近的路上留下了数量众多的爪印，而沃尔特·布朗的脚印也夹杂其中。在这种情形之下，埃克利立刻向伯瑞特波罗要求再送些警犬过来，但是他在电话中没说几句话就发现电话线路被人切断了。之后，他专程驾车赶往伯瑞特波罗，并在那里得知，线路工人们在纽芬北部荒无人烟的深山某一个地方发现，在那里铺设的主要电缆线已经被齐整地切断了。另外，他在那里又弄到了四只健壮的警犬，还为他那支大口径步枪弄到了几箱弹药。他正打算带着狗和弹药返回家去，顺便就在伯瑞特波罗的邮局给我写下并邮寄了这封信。这封信没有延误，顺利寄到了我的手上。

此时此刻，我对这件事情的态度已迅速地从科学的严谨对待转为私下的惊恐。我一方面为独身一人居住在偏僻孤寂农场里的埃克利感到担忧，另一方面也为自己的安危惴惴不安，因为我本人在这一段时间也已经卷入这深山中的诡异事件。此刻，这件事情已经在延伸了，它会将我一同卷进去并完全吞噬吗？我在回复埃克利的信件中焦急地催促他去寻求救援，并示意他，如果他依旧对此保持沉默的态度，我这边会亲自采取必要的行动。我不顾他之前对我的劝阻，仍在信中提到自己要亲自去一趟佛蒙特州，帮助他向有关部门解释清楚现在的状况。然而，我只收到了一封从贝洛斯福尔斯发来的电报，上面写着"感谢你的支持，但是没用。千万不要过来，那只会伤害到我们两人，之后再做解释。亨利·阿克利"。

但是，整个事情在不断地恶化。就在我回复了这封电报后不久，我便收到了埃克利的回信。让我极为震惊的是，埃克利在信中说他根本就没有向我发出过任何电报，也没有收到我之前寄出的那封信件。他在接到信件之后就立刻赶往贝洛斯福尔斯去询问相关的情况，得知这封电报是由一个毛发浓密，发出奇怪而低沉的、嗡嗡声的男人发出的，至于更多的细节，邮局的工作人员也无从得知。之后，工作人员还让他亲眼看了那封由发件者用潦草的铅笔字书写的电报原文，那笔迹对于埃克利却是完全陌生的。显而易见，那电报上的签名被错误地拼写成阿克利，而不是埃克利。这当然会引起埃克利的猜想，即使是在这样显而易见的危险处境之下，他还是对我详述了他的一切情况。他告诉我，驯养的警犬又被人弄死了几只，之后他又去买了不少；他还买了枪支弹药。因为在每一个无月之夜,这玩意儿已成了他必不可少的防御武器。而且,最近一段时期,他经常会在农场庭院的后面发现布朗的脚印,还有至少一两个鞋印混杂在路上那些奇怪爪印的中间。埃克利承认此时事情已趋于恶化,还说不管能不能卖掉那片庄园,他都要尽快地离开那里搬到加利福尼亚和他的儿子一起生活。但是,要离开唯一一处自己把它真正当作家的地方并非易事。他必须尽力再坚持久一点,或许他能吓退那些可恶的入侵者——尤其是他已经公开地放弃所有的行动,不再进一步去刺探它们的秘密。

我立即回信给埃克利,重申对此事的帮助性意见,并再次说到要过去和他会面,并竭力帮他向相关部门做出解释,以使得他们相信埃克利此时的危险处境。在他的回信里,他好像已不再像过去一样坚决反对,只说他想再拖延一段时间好整理所有的东西,并说服自己完完全全地接受这个想法——离开那片他极为热爱的出生地。况且,他周围的人们一直都用怀疑的眼光来看待他所做的研究和推测,所以他最好还是安静地离开那里,这样不至于引起整个村庄的骚动,也不会让村民生疑。他承认,他受够了现在的一切,如果有可能,他还是希望能体面地离开那里。我在8月28日收到了这封信,阅完信后我尽自己所能地写了一封振奋人心的回信去鼓励支持他。显然，我的回信起到了一定的作用，因为当他回信确认收到我的信件时，已经很少再提到一些让人感到可怕的事情。尽管如此，他还是不太乐观，并且在信中表示他认为近期的可怕情形之所以要比之前少得多仅仅是因为现在是满月时节，明亮的月光使得那些可怕的生物不敢造次。他希望最近这一段时期的夜晚不要云雾遮月，并也在信中含糊地提到当月亏之时，他就会搬到伯瑞特波罗去生活。之后，我又写了一封回信继续鼓励支持他，但9月5日那天，我却收到了另一封显然不是针对我那封信而写的回信，而是埃克利寄来的又一封新信。对于这封信，我无法再作出像之前那样充满希望的答复。鉴于它的重要性，我认为最好还是凭着记忆，尽可能地在这里将全文引用出来。大体内容如下：

星期一

亲爱的威尔马斯：

　　这是我紧随上一封信所写的一封信件，我要叙述一些令人沮丧的情形。昨天晚上阴云密布，尽管并没有下雨，却也没有一丝月光能穿透浓密的云层照耀大地。事情糟透了，我想我的结局已经迫近了，尽管我们一直期望事情能够往好的方向发展。午夜过后，不知道是什么东西降落到了屋顶上，警犬迅速地冲了过去查看。我能听到它们在房屋附近急躁地撕咬和狂猛地乱窜，还有一只打算从低矮的侧房往屋顶上跳。那上面发生了一场可怕的打斗，而且我还听到我永远都不会忘记的恐怖的嗡嗡声。接着，传来了一种可怕的气味。几乎就在同一时间，数颗子弹朝室内发射过来，打破窗户上的玻璃，从我身边擦过。我想正是在警犬忙着应对屋顶上的东西时，那群深山怪物的主力军趁机逼近了这座房屋。我并不清楚屋顶上究竟发生了什么。不过，我担心那些东西已经学会了怎样更好地控制那可以飞越星际的双翼。我熄灭了室内的灯光，利用窗口进行射击，把步枪倾斜到刚好不会打中警犬的高度向房屋的四周扫射了一圈。似乎正是因为我的反击，它们结束了当晚的进攻。第二天早上，我在院子里发现有几大摊血迹，在血迹旁边还有几摊绿色而且黏稠的东西，并散发出一股闻所未闻的恶心气味。我爬上屋顶，在那儿发现了更多的绿色黏稠的东西。之后，我检查了一下，有五只警犬被杀死。我想其中一只应该是由于我当时瞄得太低而误杀的，因为它是后背中枪。现在，我正在整修那些枪击后受损的窗户，之后准备去伯瑞特波罗再买一些警犬。估计那些养狗场的工人以为我疯了。就此搁笔，迟些日子我再给你写信。我可能会在一两周之内搬走，尽管一想到要离开这里就好像要杀了我一般，但我不得不离开。

这并不是埃克利随后寄给我的唯一一封信件。到了第二天早上，9月6日，我又收到了他的另一封信。这一次，信中疯乱的草书彻底让我感到气馁，陷入迷茫的境地，完全不知道接下来该说什么或是该做什么。我只能再一次地根据我的记忆尽可能如实地在这里引用信件的原内容：

星期二

天上的云层还没有消散，今晚依旧没有月亮。不论阴晴，月亮总是在渐渐亏缺。如果不是我知道它们会在电缆线修好之后立刻再次把它切断，我肯定会把房屋里全通上电，并安装一个探照灯。我想我是疯了。可能我写给你的一切都只是描述了一个梦境或是在疯狂状态下的胡言乱语。之前发生的一切已经够糟了，而现在的情形更加糟糕。

昨天夜里，它们和我说话了——用那种邪恶的嗡嗡声和我讲述了一些我根本不敢对你复述的事情。在警犬猛烈的吠声中，我清楚无误地听到了它们的声音，甚至在某一刻我还听到了它们的人类帮手的声音。威尔马斯，你不要再卷进来了！这件事情比你我猜想的更可怕。它们现在已经打算阻止我去加利福尼亚——它们不想让我继续活着，或者说想让我的精神崩溃——它们不仅仅要把我带去犹格斯星球，而且还可能是在那之外，银河系之外，甚至可能是超越宇宙最后弧形边缘之外的空间。我告诉它们，我不会去任何它们希望我去的地方，也不会让它们以计划的可怕方式把我带走，不过我的这种告诫恐怕毫无用处。我住的地方太过偏远，不久之后它们就能如同夜晚一般，在白天来我住的地方了。今天我发现又有六只警犬被杀死了，而且白天在我驾车驶往伯瑞特波罗穿过林间的公路时，一路上都能感觉到它们的存在。我之前试图把录了声音的唱片以及那块黑色石头寄给你本身就是个错误。你最好赶紧毁掉那张唱片，否则一切都太晚了。如果我还在这里的话，明天再给你写信。希望我能整理好书籍以及其他东西，并带着它们一起到伯瑞特波罗去。如果可以，我一定会抛下一切东西逃离这里，但是我大脑里有些东西却阻止我这样行事。我可以悄悄地溜到伯瑞特波罗去，在那里我应该是安全的，但我感觉到即使到了那里我也会和在这边的房子里一样，像是一个被囚禁起来的囚徒。我已经清楚地明白，即使抛开一切去做更多的努力也不会有多大的用处了。这种情形太可怕了，你别再卷进来了。

你忠实的朋友，埃克利

看完这封可怕的信，我整个晚上都无法入睡，怀疑埃克利的神智是否还正常。这封信的内容完全是疯狂的，毫无理性可言。不过从之前发生的一切事情来看，埃克利在此信中表达的内容尽管显得可怕却仍具有一种强大的说服力。我不打算回复这封信，而是认为最好还是等埃克利什么时候有时间回复我寄出的最后一封信后再说。在第二天我还就真的收到了我期待的回信，但信中描述的新的状况却让我在回信的时候无从下笔。下面就是那封信的内容，信笺上的笔迹很凌乱，满是污渍，像是在一个极度疯狂和仓促的情形下写出来的：

星期三

威一

　　我已经收到了你的信，但是现在再讨论任何东西也不会有什么意义。我已经完全听天由命了。我开始怀疑自己是否还有足够的意志力去与它们抗争。即使我愿意放弃一切从此处逃离也无法再避开它们，它们还是会抓住我的。昨天我收到了它们的一封信——我到伯瑞特波罗时，乡村邮递员送到了我的手中，信上面印的是贝洛斯福尔斯的邮戳。信里面说了它们打算怎样对付我，具体内容我不能和你复述了。你自己也要小心！赶紧毁掉那个录音。今天夜晚仍是多云，月亮一直在亏蚀。我希望自己敢于去寻求帮助，外界的帮助可能会让我打起精神并坚定意志，不过我想凡是敢到这里来的人都会以为我的精神出了问题，除非他们恰好能获得某些确凿的证据。我不可能没有任何理由就请求其他人到这里来，我已经很多年没有和外面的人联系了。另外，威尔马斯，我还没有告诉你最为糟糕的事情。打起精神来看看下面的事情，它会令你更加震惊。在这里，我正在告诉你真实的情形。

现在，我确实真的见过并接触过这些怪物中的一个，或者是这怪物的一部分。老天啊，那太可怕了！当然，它已经死了。我的一条狗逮住了它，今天早晨我在狗屋旁边发现了它。我试图把它保存在柴房里，用来说服人们去相信整件事情，但它在几个小时内就自己分解消失了，什么都没有留下。你知道的，那些曾经漂浮在河面上的东西，只是在大洪水之后的第一个早晨被人看到过。而最为可怕的是，我当时就想着把它拍下照来邮寄给你，但当我冲印出相片时，上面除了柴棚之外什么也没有。这些东西到底是什么构成的？我亲眼看到了它，也用手摸到了它，而且它们也留下了脚印，由此可以断定它们肯定是由物质构成的。但究竟又是什么样的物质呢？我根本无法描述出它的形状。它像是一只巨大的螃蟹，在应该是头部的位置上长着许多由黏稠厚实东西构成的角锥状的肉环或是肉瘤，上面覆盖着数量极多的触角。我之前提到的黏稠的绿色物质便是它的血液或是体液。现在每一分钟都有更多此类的东西降临到地球上来。

另外一件事就是沃尔特·布朗失踪了。我在他经常游荡的村庄街角附近都没有再看到他的身影。一定是我在开枪时射中了他，但这些生物好像总是会将它们的死者和伤者带走。今天下午我去了镇里，并没有遇到任何麻烦。不过，我觉得是它们不想再接近我了，因为它们已经肯定我无法逃避了。我现在在伯瑞特波罗的邮局写下这封信，这可能就是永别信了——请写信给我儿子乔治·古迪纳夫·埃克利，他在加利福尼亚的圣地亚哥普利斯特大街176号。但是你不要到这里来。如果一个星期后你还没收到我的任何信件，也没有在报纸的新闻里看到我的消息，就写信告诉我儿子。

我将要掷出我手中握着的最后两张牌——如果我还有意志力去做的话。首先我会尝试用毒气对付这些东西（我已经弄到了合适的化学制品，并为我自己和警犬们准备好了防毒面具）如果毒气对它们不起作用，我会告诉警察局长。如果他们认为我疯了，会把我关进精神病院。不过这种后果总要好过那些怪物要对我做出的事情。也许我能让那些警察注意到房子周围留下的脚印，尽管这些印迹都很模糊，但是每天早晨我都能发现它们。不过，我想警察会认为那些印迹是我以某种方法伪造出来的，因为他们都认为我性格古怪。我一定要留下一个警察在这里过上一夜并亲眼看看所发生的事情——但是，可能那些生物会通过某种方法知道这件事情，然后在那个夜晚不再逼近我住的地方。现在只要我在晚上试图去拨电话，它们就会切断我的电话线——线路维修工觉得这种情形非常奇怪，如果他们没有离开这里，也没有猜测是我自己切断了电话线，就可以为我作证了。我已经有一个多星期没有让他们帮我维修电话线了。我可以找些愚昧无知的村民来为我证明那些恐怖东西的真实存在，但其他人都会对他们说的嗤之以鼻并加以嘲笑。而且，他们很久以来就一直刻意避开我的房屋，所以他们并不知道这件事情最新的情况。无论如何都没法在这些愚蠢的农夫们中找出一个家伙，带着微笑来到我房子里。邮递员经常听到他们所说的一些话，并常常为此笑话我。天啊！要是我敢告诉他这事情到底是怎样的真实该多好！我想我会让他去看那些爪印，但是他只在下午过来，而到那个时候那些脚印通常都消失不见了。如果我用盒子或者平底锅盖在一个印迹上保存下来，他又肯定会认为那是假的或者只是我的一个玩笑。

　　我真希望自己没有如一个隐士般孤寂地独自生活，那样人们就会像过去那样常常过来拜访。除了一些愚昧无知的村民外，我从来不敢向其他人展示那块黑色石头和柯达相机拍下的奇怪照片，或是去播放那张唱片。因为他们只会认为是我伪造了整个事件，并且对此除了嘲笑别无其他。不过，我可能会让他们看到那些照片。即使那些东西不会在照片中留下影像，但是它们留下的爪印却被照片清晰地显示出来。今天早晨那东西消失殆尽之前居然没有其他人看到，真是可惜！

　　我知道我并不在乎这些。经历了这么多荒诞离奇的事情之后，疯人院对我来说也算是个生活的好地方了。那里的医生能帮我重构思想让我彻底忘记我住的这间屋子，让我彻底摆脱一切。那将会是拯救我的方法。如果你之后没有听到我的消息，请尽快写信给我的儿子。再见，毁掉那张唱片，不要卷进此事！

你忠诚的朋友，埃克利

坦白地说，这封信让我陷入最为黑暗的恐惧之中。我不知道该如何回复，只能拼凑一些毫不连贯的语句来提议和鼓励，之后用挂号信把回信邮寄出去。我在回信中催促埃克利立即搬到伯瑞特波罗以置身于政府的保护之下，并告诉他我将带上那些拍摄的照片去他所在的城镇向当地法院证实他神志健全。我想现在也是我该写些东西警告公众注意防范混杂于他们之中的那些生物的时候了。可以看出，在这紧要的时刻，我已经完全相信埃克利所告诉我的一切，尽管我认为他未能拍摄下那种怪物尸体的照片并不是因为某种奇异的原因，而是把它归结于埃克利过于兴奋而产生的失误。

V

9月8日星期六下午，我又收到了一封信件，却并不是我之前那封信的回信。这封信与之前的信截然不同，是用打字机整齐划一打印出来的。信件中所写的让人安心的东西和邀请我前去的建议与那些发生在深山中噩梦一般恐怖的事件形成巨大的反差。这里，我再次根据记忆引述这封信的原文。由于某些特殊的原因，我尽可能保留了这封信原本的风格。信封上盖的是贝洛斯福尔斯的邮戳，而且就连寄件人签名也和信件的正文一样是打印出来的——这种情形在刚学会打印的新手里极为普遍。不过，文本的内容极为准确，不太像是初学者做出来的。由此我推断出埃克利以前肯定使用过打字机，可能是在大学的时候。要说这封信完全让我放下心来是不可能的，它只是放松了我一直紧绷着的神经，不过在这种心理放松之下仍然局促不安。如果埃克利在极度恐惧之中神志还能保持正常的清醒，那么他写这封信时是不是也处于正常状态呢？另外他在信中提到了那种"得到改善的关系……"究竟指的是什么？整封信的意思与埃克利之前的态度截然相反！下面就是根据我那还算不错的记忆力细致复述下来的那封信的原文。

马萨诸塞州阿卡姆密斯卡托尼克大学

阿尔伯特·N.威尔马斯先生

佛蒙特州汤恩森德

星期四，1928年9月6日

我亲爱的威尔马斯：

我希望你能对我之前在信件中告诉过你的那些愚蠢之事安下心来。我之所以用了愚蠢这个词是用来形容我受到惊吓之后对事情的看法，而不是我在信中所描述的那些怪异的事情。那些情形确实是真实的、意义重大的。而我的错误在于自己以一种并不恰当的、极为反常的态度去对待它们。我想我在信中提到过那些奇怪的拜访者正试着与我沟通，并竭力地与我进行交流。昨天晚上，我们实现了这种语言上的沟通交流。我对它们发出的某种讯号作出了回应，经我允许之后，那些围绕在房屋外面的生物派出一个使者进入了我的房子——那是一个人类。下面，我大略地描述一下当时的情形。他告诉我很多你我连想都没有想过的事情，并且向我证明了那些外来生物一直在这个星球上建立秘密基地这件事情，我们到底存在着怎样的错误判断及扭曲看法。至于那些关于它们曾给人类带来过什么，以及它们希望从地球上获取什么的邪恶传说都是源自对古老传说愚昧无知的误解及扭曲。那些传说都是建立在我们人类的文化背景和思维习惯的基础之上，已经被模式化了，实际上的和我们所想象的任何东西都有很大的不同。我那天马行空的推测已经远远超越了那些没有文化的村民以及野蛮未开化的印第安人的任何一种猜想。那些我曾认为恐怖的、猥亵的以及可耻的东西，它们实际上是令人敬畏的、可以拓宽人类的思想，甚至可以说是辉煌壮丽的。我之前的猜想和判断只不过是人类永恒时代其中一个阶段的思维趋势，在这个阶段里人类总是会对与他们完全不同的东西产生憎恨和恐惧，因而想着要逃避。

现在我已为自己在那些夜晚发生的小规模冲突过程中对这些令人不可思议的异类生物所造成的伤害感到懊悔和歉意。要是在一开始我就同意与它们和平理智地交谈该有多好啊！但是它们对我也未怀恶意，它们的情感构成和我们人类有很大的不同。另外，它们在佛蒙特州找了一些处于社会底层且品质低下的人作为代理人，这的确是它们的不幸。不久前的沃尔特·布朗就是个典型的例子，他使我对这群异类生物抱有极大的偏见。事实上，这群异类生物绝不会有意地伤害人类，反倒是我们人类粗鲁残忍地误解并严密地窥探它们。有一群邪恶的人类组成了一个完全秘密的组织（当我把这个组织与哈斯塔、黄色印记联系在一起，像你这样有渊博的神秘主义学识的人应该会理解）代表着某些来自其他层面的凶恶力量，致力于跟踪追击它们。那些外来生物们所采取的程度激烈的预防警戒措施正是用来对付这些攻击者的，而并非针对普通人类。顺便提一下，我们之间那些遗失的信件也不是被那些外来生物所偷走，而是那些怀有恶意的神秘组织所派出的间谍所为。那些外来生物对人类抱有的愿望就是和平共处、互不干涉，逐步加强智力方面的交流。由于我们的发明和装置扩大了人类的知识范围及行动能力，这些科技知识的进步使得那些外来生物不可能在这个星球上设立秘密前哨站，所以对它们来说，增进与人类的沟通交流是绝对有必要的。它们渴望更加全面地了解人类的世界，也希望有少数处于哲学和科学前沿的人能更好地了解它们。通过知识的交流，存在于它们和人类之间的一切危机都会成为过去，还会建立起一种令双方都满意的生活方式。它们绝不会试图去奴役人类或是迫使人类退化，这种说法极为荒谬可笑。这种关系的改善才开始起步，那些外来生物自然而然地选择了我作为它们在地球上主要的解释人员，因为我对它们这个种族的了解已经相当可观了。昨天晚上它们还告诉了我一些惊人的事实真相，这着实让我拓宽了眼界。随后，它们还会通过口头和书面的方式让我了解更多的事情。它们希望我近段时间不要外出旅行，不过在这段时间之后，我很渴望而且很可能会外出——以一种极为特别的方式去体验一种迄今为止没有任何人类体验的神秘历程。它们也不会再来围攻我住的地方了，一切事情都会回归到正常状态，我也不需要再驯养那些警犬了。现在的我不再陷入恐惧，取而代之的是一种学识智力的冒险所带来的精神上的满足，这种愉悦的感觉只有少数人才能体验得到。

　　根据目前的了解，那些外来生物可能是存在于宇宙中或是宇宙之外的所有时空种族成员里最了不起的有机生命体。与它们相比，其他的生命形式都只是低级退化的变体种族。如果非要用地球上动物和植物的术语来说明它们的物质构成，它们的生命形式更像是植物。它们带有几分菌类的构造，身体里却存在着一种类似于叶绿素的物质，还有一种非常奇特的营养系统，这使得它们与真正的真菌类完全地区分开来。事实上，这个物种是由另一类物质构成的。这种物质完全不同于我们所处空间的任何物质，它们本身带有截然不同的电子振动率。虽然我们能用眼睛看到它们，却无法用人类已知世界中寻常的相机捕捉到它们的影像，这就是其中的原因。不过，如果掌握了正确的知识，任何一个化学家都能制出一种感光照相乳剂帮助摄影机记录下它们的影像。这一物种的独特之处在于它们能够以有形的实体在既没有热量也没有空气的星际空间中穿行，而它们的一些变异种族却只能依靠机械装置的协助或是某种怪异的外科手术来完成穿行。

而且，种族中只有少数变种才拥有像身处佛蒙特州的这个种群所生长的、能在太空中翱翔的双翼。至于那些栖息于某些深山老林之中的种群，则是通过其他方式来到地球的。这一种群从外表上看则更像是动物，而且它们的构造看起来也像是我们所理解的物质构造。它们与佛蒙特州种群是进化过程中的平行分支，并不是密切的亲属关系。佛蒙特州种群生物的脑容量大过了现存的其他任何生命形式，尽管如此，这并不意味着生活在我们这一带丘陵地区的有翼物种是这一物种中进化的最高级的生命形式。它们通常用心灵感应来进行内部交流，但也有基本的发声器官，通过一种小手术（它们对这种令人难以置信的手术相当地精通，而且将这种手术视作寻常的事情）就能大致地模仿出那些还以语言为交流方式的有机体种族所使用的各种语言。这一种群主要生活在位于太阳系边缘的一个行星之上。这个行星在海王星之外，是太阳系中的第九颗行星，人类现在尚未发现，因为它几乎不发光。

正如我们之前推测的那样，那些古老的禁书中做出种种隐晦指的"犹格斯星球"就是这颗行星。考虑到我们的世界正极力地促进精神上的沟通交流，那里很快就会成为一个奇特的聚集地。如果天文学家能够充分地感受到这些精神交流，他们就会发现这个犹格斯星球——当然这是在外来种族生物愿意的前提下，对此，我一点也不会感到惊讶。不过，犹格斯星球只不过是一块踏脚石。大多数的此类种族生物都聚居在一些有序的奇异深渊之中，那些深渊完全超出了人类想象力的极限。人类认为所有时空中的实体构成了宇宙，这种宇宙只不过是那些种族真正的无垠世界里的一粒原子。那无垠世界同样承载着无垠的知识，人类的大脑根本无法承载。而如今，那些浩瀚无垠的知识正慢慢向我敞开了大门。自地球上出现了人类这一种族以来，不会有超过五十个人有过这样神奇的经历。

威尔马斯，你一开始很可能会认为这是我的胡言乱语，但总有一天，你能领悟到我偶然撞到的这个机会是怎样的巨大。我希望尽可能地与你一同分享，我想向你透露千万件事情，却无法在纸上以文字描述。过去，我一直告诫你不要贸然前来和我会面。现在一切都安全了，我很高兴能收回那些告诫，并诚挚地邀请你到我这里来。不知你能否在开学之前来这里旅行一趟？如果你愿意的话，我想这趟旅程肯定会让你感受到不可思议的奇妙愉悦。来的时候请你带上那张唱片以及所有我给你写的信件作为讨论探索的素材，我们需要用这些素材来拼凑出令人惊异的整个事件的详情。在近期如此刺激的经历中，我把拍摄的底片和洗出来的照片都给弄丢了。可是，我必须要为这些最初摸索而来的第一手资料加上大量的事实，还得为这些附加的事实做一个巨大的设计，所以，你最好能把那些相片的复印件也一起带来！

不要犹豫了！现在的我已经不再生活在那些怪异生物的刺探窥视之下，而你也不会遇到任何让你感到不安的反常之事。你过来吧，我会开车在伯瑞特波罗车站接你，你做好准备要在这里待上尽可能长的一段时间，我期待着和你一起整夜地讨论那些超出人类想象的事情。还有，一定不要把这件事情告诉任何人，因为这件事不能让公众知晓。开往伯瑞特波罗的列车服务还不错，你在波士顿可以查到具体的时刻表。你可以乘坐波士顿—缅因州的火车先到格林菲尔德，然后再换乘短途车抵达。我建议你乘坐下午4：10分从波士顿出发的那趟火车，它于晚上7：35分抵达格林菲尔德，晚上9：19分那里有火车驶往伯瑞特波罗，并将于晚上10：01分抵达。定好以后，告诉我具体的日期，我会开车去站台接你。

请原谅我用打字机来写这封信。你知道的，最近我书写的笔迹都过于潦草凌乱，而且我感觉到自己无法再进行长篇的书写，所以才会用机器来完成。我昨天去伯瑞特波罗买下了这台新的日冕牌打字机，它用起来似乎很不错。期待着你的回复，希望你能带上那张唱片、我所有的信件以及那些柯达照片尽快来到这里。

期盼着您到来的亨利·W.埃克利

我一遍又一遍地阅读这封出乎我意料的奇怪信件，并陷入了沉思。此时，我心里的情绪复杂到了极点，根本无法用语言来描述。我之前曾说过，看完这封信后我立刻感觉到稍许放松，却总是心神不宁。但这种说法只是大致地描述了那种复杂的心理感觉。这种极为复杂的感觉中既包含一种放松的情绪，也有一种极为不安的局促，连我自己都说不太清楚。首先，这封信的内容与埃克利之前描述的那一系列恐怖情形有了巨大且截然相反的变化——从之前完全的恐惧转化为冷静的满足甚至狂喜，这种情绪上的转变实在出乎我的意料，而且转变得如此之快，如此彻底！无论埃克利在信中提到的那一天到底披露出了怎样的秘密，我都难以相信单单一天的时间就能让一个人内心的想法和情绪发生如此巨大的转变，况且这个人在星期三的那天才用疯狂的语句写了最后一封告别信。过了一会儿，一种完全矛盾的不真实感让我开始对这一切产生了怀疑：那发生在远方深山里的整个事件中的一大部分是不是我自己大脑里产生出来的幻境？接着，我又想到了那张唱片。于是，一切变得更加让人迷惑、茫然。

这封信似乎与我所预料的任何一种情况都大不相同！当我开始分析自己的感受时，我意识到它是由两种迥异的部分构成。首先，我认定埃克利之前是正常的：头脑清醒、神志健全，现在也仍然正常。但在这种情形下，信中个人态度的转变实在过于迅速，让人不敢想象。其次，埃克利在表达方式、表达态度甚至于语言表述上也出现了巨大的变化，远远超出了正常的或是可预料的范围。就好像这个人整个的人格、个性经历了一种暗地里的突变。这种变化如此之大，他这两种截然不同的态度与我假设他前后都神志正常的定论产生了不可调和的矛盾，对此我茫然无措。连语言的措辞、拼写的习惯等，所有的一切都发生了微妙而奇特的变化。在学术上，我对行文风格相当敏感。凭着这种敏感，我能从这封信中察觉到他平常的反应和行文中的回应之间存在着很大的分歧。能让一个人的情感从根本上产生颠覆性转变的感情波动必定是极端、偏激的！不过，从另一方面来看，这封信看起来很有埃克利的特点，依旧怀着之前那种追求无限可能的热情，也就是那种学者才具有的强烈的求知欲。我不止一次地怀疑过这封信是不是假冒者所为，或是信件被某人恶意调换过。可是这信中的邀请——让我亲自去探究信中所述内容真假的意愿，难道不能证明这封信的真实性吗？

当天晚上我一直没有休息，整晚都端坐在椅子上思量着这封信背后隐藏的阴暗和神奇。我头痛欲裂，大脑里一直循环回放着过去四个月以来被迫面对的一系列恐怖情形，又在一系列怀疑和信任中去思索着这令人惊异的全新材料。在此过程中，我又重新回顾了之前面对那些诡异之事时我的思想历程。直到夜深，一股强烈的兴趣和好奇逐渐取代了之前困惑和不安交织在一起的混乱情绪。不论陷入疯狂还是依然理智，不论是从里到外的根本转变还是只是暂时的缓解，埃克利确实已经对自己进行的危险探索研究的看法有了巨大的转变；某些情况的变化很快就消除了他之前的危险处境——且不论这情形是真的或仅仅是幻想，这些根本的转变同时也让他以一种全新的视角去了解宇宙空间以及某些超越人类的知识。看到这信中的内容，我自己对未知情形的热情也突然燃烧了起来。同时我感觉到自己被一种蔓延而来的、突破障碍的念头给深深触动了——摆脱那些令人郁闷并深感厌倦的关于时空和自然的条条框框，与浩瀚的外界联系起来，从而去接近那些如黑夜一般深不可测的无限终极秘密。这确实是一件值得以个人的生命、灵魂以及智力去冒险的事情！况且埃克利告诉我现在已经没有任何危险了，他没有再像之前那样告诫我不要过去，而是力邀我前去和他会面畅谈。一想到他可能要告诉我的那些事情，我就分外激动。我禁不住想到自己在那个不久之前还被围攻过的偏僻农庄里，和埃克利谈论那些真实存在的、来自外太空的异类物种，身边堆放着一摞埃克利早期的信件以及一张可怕的唱片。这样的情形着实有着一种让人迷失其中的魔力。

　　于是，周日上午我就给埃克利回复了电报：如果方便的话，我将在下个星期三，也就是 9 月 12 日去伯瑞特波罗与他会面。只有一个方面，就是在选择车次的问题上我没有按照他信中的建议执行。坦白来说，我不希望在深夜抵达佛蒙特州那个充满诡异的地方，所以我并没有选择他建议的那趟列车，而是打电话到车站预订了另一时刻的列车。我早起后搭乘上午 8：07 的列车到达波士顿，然后在那里能搭乘 9：25 的一趟列车，于中午12：22 到达格林菲尔德。这样我就正好可以赶上一列火车于下午 1：08 抵达伯瑞特波罗。相对于夜晚 10：01 才与埃克利碰面，之后又与他一同驶进那片隐藏着秘密的林间区域来说，这个时间更让我觉得安心。

我在发电报时提到了这种车次选择，晚上就收到了埃克利回复的电报，得知我未来的东道主已赞同我这一乘车计划。他的电报内容如下：

满意安排，星期三下午一点零八分接站，勿忘唱片、信件及照片，行踪保密，期待会面。

埃克利

我收到的这封电报是埃克利直接答复的，这就必然需要官方的信差，或是通过修理好的电话线服务把我电报的内容从汤姆森站传达到埃克利那里。考虑到这些，我之前对那封令人困惑的信件所产生的疑虑就统统消除了。我终于放松了紧绷的神经，事实上那种倍感轻松的感觉我现在也无法描述出来，所有的疑虑都被我抛到了一边，不再在我心头萦绕，让我终日惶惶不安。那天晚上，我睡得很沉并且睡了很久。接下来的两天里我热切地为去伯瑞特波罗做着一些准备。

VI

　　按照计划，我星期三动身出发，随身携带了一个小型旅行箱，里面装着日用品和一些数据材料，包括那张令人生惧的唱片、柯达照片以及埃克利写给我的所有信件。应埃克利的要求，我没有将此行的目的地告诉任何人。因为我能想到即使事情已经出现了有利的转机，还是需要保持极度的隐秘。与某些来自地球之外的异族生物进行实质性的接触并交流思想，即使是我这样了解并且有心理准备的人都会目瞪口呆，如此推测，那些对此事毫不知情的芸芸大众们知道此事后又会做何反应呢？我在波士顿换乘了列车，开始了向西的旅行，火车渐渐驶出了那片熟悉的区域，进入了一片完全陌生的土地。此时，我自己都不清楚复杂茫然的情绪中到底是恐惧要多一些，还是对这次冒险的期盼多一些。火车一路经过了沃尔瑟姆、康科德、艾耶尔镇、菲奇堡、加德纳和亚索尔。

　　我乘坐的火车晚点七分钟才到达格林菲尔德，不过还好，往北行的那列快车还未离站，我匆忙地转搭上了北行的快车。在午后的阳光下，火车轰隆隆地驶入一片我常在信里看到却从未涉足过的土地，我突然感觉到了一种莫名的紧张，这种奇怪的感觉压得我喘不过气。我知道我正在驶向新英格兰地区，比起我这么多年一直生活的那些机械化、都市化的海岸城市和南部地区，这里显得更为原始，还保留着一种古老的气息。在这片先人们曾经待过的地方，没有污染，没有外国人，没有工厂的烟雾，没有华丽的广告宣传，没有用水泥铺就的道路，这是一片现代化物质不曾涉足过的土地。这里还残存着一些不断繁衍的土著居民，他们深深地扎根于此，是这片土地上结出的真正的果实。这些代代相传的土著居民至今仍保留着某些奇异而古老的记忆，而这些正好为那些很少被人提及的神奇而阴暗的信仰提供了肥沃的繁衍之地。

偶然间，我看到车窗外蓝色的康乃迪克河在阳光下波光粼粼，闪烁着微光。火车经过诺斯菲尔德后从康乃迪克河上穿行而过。正前方是一片郁郁葱葱的群山，隐隐可见，有些神秘。列车员来到车厢后，我才知道自己现在已经进入了佛蒙特州。列车员告诉我要把表拨后一个小时，因为北方的丘陵地区不使用最新的夏令时制。我将时针往后拨的那一瞬间，好像自己把日历也往后翻回了上个世纪。

火车一路行驶，慢慢靠近这个地方的河流，接着又穿过了新罕布什尔州。透过车窗，我看到了陡峭的怀特斯提奎特峰那渐渐逼近的陡坡，就在那里的深山之中衍生出一簇簇古老而怪异的传说。然后，我看到左边出现了街道，而右边的是缓缓流淌着的河流，河的中间矗立着一座绿色的小岛。这时，人们纷纷起身并向车门边拥挤了过去，我也跟着他们过去。车停了下来，我下了车后走到伯瑞特波罗车站的站台上。

　　站台外边停着一排正在等候的汽车，我的目光依次从这些汽车上扫过，想找出那辆埃克利开的福特车，但就在我前去辨认车辆之前，有人竟然认出了我。他径直向我走过来并伸出手，用一种成熟且磁性的声音询问我是否就是阿卡姆的阿尔伯特·N.威尔马斯。不过，他显然不是埃克利本人。这个男人与快照上那个头发斑白、蓄着胡须的埃克利根本就没有一点相似之处。他穿着时尚，蓄着一撮黑色的小胡子，人很年轻也很有教养，彬彬有礼。这个人的声音却让我产生了一种奇异的、似曾耳闻的感觉，这感觉令我隐隐有些不安，可是我怎么也回忆不起来之前到底在哪里听到过这个声音。

　　我向他询问埃克利，他解释说他是埃克利的一个朋友，代表我那位东道主从汤姆森过来接我。埃克利的哮喘病突然发作，无法出门开这么远的车来站台接我。不过，病情并不是很严重，所以并没有改变让我来访的计划。

我不清楚诺伊斯先生——他是这样介绍自己的——对于埃克利之前一直在做的研究和发现知道多少，但是我从他那若无其事的随意表情中似乎能看出他对这整件事情并不知情。我想到了埃克利一直过着一种类似于隐士的孤寂生活，所以为他竟然还有这样一个随时可以帮忙的朋友感到了一点诧异。不过，这点小小的疑惑并没有阻止我钻进那辆他指给我的汽车。根据埃克利信中的描述，我曾设想过他的车应该是那种老式的小型车，可我上的这辆车并不是。这辆车是最新的款式，车身很大，洁净完美，显然是诺伊斯自己的车。它用的是马萨诸塞州的车辆牌照，牌照上印制着那个当年引人发笑的神圣鳕鱼图案。我猜测，我的这位向导应该只是在夏季才来汤姆森居住。

　　诺伊斯上了车，坐在我旁边的驾驶位上，立刻发动了汽车。

　　一路上，他并没有一直和我说个不停，这让我感到高兴。因为空气中弥漫着的一种莫名奇怪的紧张气氛让我不想多说话。我们的车驶过一个斜坡后转向了右边的主干道。此时，午后阳光下的小镇看起来很有一番味道，吸引了我的目光。它就像是我少年时记忆里的那些新英格兰地区的古老城市一样显得昏昏沉沉。屋顶、尖塔、烟囱和砖墙勾勒而成的轮廓中，某些东西触动了我内心深处怀旧情绪的那根弦。我可以这样来描述，我走在一条通道上，这条通道将把我带到一处时光沉积的地方，在那里生长着一些古老而奇异的东西，那些东西在这个地方自由地逗留、生长，不曾受过任何的打扰。

当车驶出伯瑞特波罗时，群山高耸、郁郁葱葱、山势险峻、连绵不断。那冷漠险陡的花岗岩峭壁以及这深山乡野特有的一种氛围隐隐暗示着一些秘密，让我想起一些自远古残存下来的不明敌意的怪异之物，心中不禁一阵紧张，竟然慢慢生出一种不祥之感，而且这种感觉变得越来越强烈。有一段路程，汽车一直在水面宽广的河流一侧行驶，河水并不深，可能源自北边一些未知的山涧。当诺伊斯告诉我这就是西河时，我不由得打了个寒战。我想起了那些新闻报道里提到过这条河，那次大洪水过后，就是在这条河里发现了一只蟹类一样的怪物漂浮在水面。

渐渐地，周围变得越来越偏僻，越来越荒凉。一座年代久远的石桥破旧不堪地架在山涧之间，令人心中生寒；一条几乎废弃的铁轨沿着河流一直平行地延伸下去，隐隐散发出一种朦胧的荒凉气息；轮廓鲜明的巨大山谷令人生畏，其间悬崖陡壁兀然矗立。嶙峋的山间郁郁葱葱、翠意盎然，这苍绿之间更显露出新英格兰山岩原始的阴郁及险峻；峡谷之中，激流来势凶猛、冲涌而下，水流在那人迹罕至且隐藏着无数秘密的深山谷壑之中蜿蜒而行，流向山下。不时地，总会出现一些岔路，那些道路大多处于繁茂的林间，极为狭窄和隐蔽，很难被发现。这片原始深山中生长着无数的参天古树，或许也有成千上万的精灵隐匿在这林间。看到这些时，我不由得想起当初埃克利开车沿着这条路行驶时曾感觉到被一些他看不见的怪异东西所阻挠。此时此刻，我绝对能体会到他当时的那种感觉。

不到一个小时，我们便到了纽芬一个古老的村庄，这里风景秀丽，别具一番风味。在我们生活的世界里，人类完全可以通过努力去开发和占有大自然，而这个古老的村庄就是与现实世界的最后联系。离开那里，我们便抛开了一切可见的、能在时间的流逝中发生改变的实物，进入一个不太真实的虚幻世界，一个寂然无声的世界。了无人迹的葱郁之中，荒凉萧索的峡谷里，缎带一般狭窄的幽然小路起起伏伏，像是带着一种肆意的情绪在这林间千回百转，蜿蜒延伸。一路上，除了汽车发出的声响以及经过的寥寥无几的农场里传来的微弱声音之外，唯一还能传进我耳朵的便是从那幽暗山间无数泉眼中流淌而出的涓涓细流所发出的汩汩水声。

　　那些凸起的低矮山林紧促地凑在一起，只留下了细狭的通道，两边的山崖如此逼近让我真正地感觉到了呼吸的紧迫。这里的山势比我根据传闻想象的情形更为险峻，与我们熟知的那个平凡世界相去甚远。那些无人能及的峭壁之上覆盖着葱郁的密林，似乎隐匿着某种不可思议的诡异。我感觉这些群山本身所构成的轮廓也都暗含了一种被岁月遗忘的怪异内涵，仿佛它们就是传说中描述的巨人族留下的奇异象形符号——这巨大种族的辉煌只有在极少的梦境中才会出现。所有关于过去的传说，所有由亨利·W.埃克利的信件与相关物件得出的让人瞠目结舌的结论源源不断地出现在我的脑海里，使渐渐萌生的危险感觉更加强烈。我此行的目的以及之前发生的那些令人恐惧的奇异事件在这一瞬间通通向我袭来，我的心中生出一阵刺骨的寒意，几乎压过了我迫切想要探索奇异之事的热情。

　　坐在我旁边的诺伊斯可能注意到了我惶惶不安的情绪。当行驶的道路变得越来越荒芜崎岖时，我们的汽车也越走越慢，不停地上下颠簸。他原本只是偶尔的解说逐渐演变成滔滔不绝的讲述。他和我说起乡间的秀丽风景和离奇的杂谈，从他的话语之中我能看出他对埃克利进行的民间传说方面的研究很是熟悉。从他那些礼貌的问题中，显然可以推测出他知道我来这里是出于科学探索的目的，并且随身带来了一些重要的数据资料。但他对埃克利最后所触及的那些令人畏惧的知识并没有表示出任何欣赏。

他举止优雅、言谈正常，举手投足之间体现出了良好的教养，他所做出的相关评论本应让我能感到安心而平静下来，但随着汽车一路颠簸地驶向未知的深山密林和萧然荒野，我只感觉到越来越强烈的心神不宁。偶尔，我察觉到诺伊斯是试探我，试图探出我对这片土地上的可怕秘密究竟知道多少。他每和我说一句话，我心中对他的声音产生的那种模糊的熟悉感觉也在加强，这让人十分困惑。尽管这个声音并没有什么特别之处，而且语调很有教养，但是那种熟悉的感觉绝不平常，也不正常。不知怎么回事，我总会把这种熟悉的感觉与一些已被遗忘的噩梦联系起来，并且有这样一种感觉：如果我辨认出了这个声音，自己也会因此崩溃。如果能找到什么合适的借口，我想我会放弃此行折返回家。实际上，我没办法这么做。况且我考虑到我到达之后埃克利会亲自和我进行一次冷静而科学的交谈，这种交流一定会让我的情绪稳定下来。

汽车在这起伏的山地中颠簸行驶着，一路上的自然美景似乎具有一种镇定人心的效用，让我慢慢静下心来。置身于这座巨大的迷宫之内，时间也失去了意义。四周是花的海洋，像是仙境一般，层层叠叠一直延伸。在这里我重新感受到那已逝去年代的美好：灰白的小树林洋溢着古老的气息，未被污染过的草地绿意盎然，周边镶嵌着秋日的簇簇繁花；在与树林相隔较远的地方，小小的棕色农庄安顿在生长着参天古木的林间，位于几乎垂直矗立的峭壁的下方，那壁崖上遍布芳香扑鼻的野蔷薇和葱郁的绿草。甚至就连阳光也呈现出一种不同寻常的魅力，就好像这整个地方都弥漫着与众不同的空气。除了在意大利原始艺术的创作中偶尔看到过以此为背景的魔幻般景象，我之前从未亲眼见过这种真实的场景。索多玛①与莱奥纳多②曾经构思过这种广阔的景象，并将其展现在文艺复兴时期拱形游廊的穹顶上，但那仅仅是距离上的景象。而现在，我们真正地从这样一幅广阔的画景中穿过。而我，好像在这种类似于幻境的场景中发现了一些神奇的东西，这种东西好像源于遗传，与生俱来，

①原名乔万尼·安东尼奥·巴齐（Giovanni Antonio Bazzi），1477年出生于意大利，文艺复兴时期的著名画家。——编者注
②即莱奥纳多·达·芬奇，意大利文艺复兴三杰之一，也是整个欧洲文艺复兴时期最完美的代表。——编者注

可我却一直在徒劳地寻觅着。魔法之中我发现一些我生来就知晓，甚至是继承自先祖的东西，一些我曾经一直徒劳寻觅的东西。

翻越过一个陡坡后，车驶上了一段平缓的道路。突然，车停了下来。在我的左面，是一片精心护理过的草坪，一直延伸到路边，边界处立着一块用石灰刷白的石头作出标示。草坪的另一边是一栋两层半高的白色房屋。在这块区域，房屋的大小很特别，还带着几分罕见的雅致。房屋后面靠右的位置以拱廊连接着谷仓、柴房和磨坊。我曾经在埃克利寄给我的快照中看到过这个地方，所以能立刻辨认出来。看到路边邮箱上标识着亨利·埃克利的名字时，我根本就没有感到丝毫的惊讶。离房子后面不远的地方，平缓地延伸出一片树木稀少的沼泽地。再往后面，矗立着一座险峻的山峰，山峰上覆盖着繁茂的森林，在峰顶处显得参差不齐。我知道那就是黑山的峰顶，而我们现在已位于它的半山腰。

我正准备带着自己的行李箱从车上下来，诺伊斯让我稍等一会儿，让他先进去通知埃克利我的到来。随后，他又补充说自己在其他地方还有一些重要的事情要处理，不能在这里多待了。接着，他迅速地走上那条通向房子的小路，我自己从车上下来，伸展一下自己的腿脚，希望接下来能专心致志地和埃克利进行一场长时间的座谈。埃克利曾在信中描述过那些可怕而怪异的围攻，他用以描述的语言至今在我心头萦绕。而此时，我正置身于这现实的场景之中。当我想到这些，那紧张不安的感觉又一次迸发到极点。说实话，想到接下来要进行的有关知识禁界和星际异类的讨论，我心中已经充满了畏惧。通常情形下，近距离接触异族给人的感觉绝不是期待与向往，而是万分惊骇。埃克利正是在这一满是尘土的路上发现了那些可怕的爪印；在经历了无月之夜的恐惧和死亡之后，也正是在这里发现了那些印迹，一想到这些怎么也不会让我产生愉悦的感觉。我无所事事地看了看周围，并没有看到埃克利驯养的警犬。难道那些外来种族生物与他和谈之后，他就立即将所有的狗都卖掉了吗？换作是我，我绝不会完全相信埃克利最后那封奇怪的信中所描述的真诚的和解。不过，他毕竟是一个涉世未深的单纯之人，没有多少社会经验。在这个和解的表层下面是否还涌动着某些隐匿得更深的邪恶暗流呢？

在思绪的引导下，我的目光转向那满是粉尘的路面，那里曾经留下了那些可怕的证据。之前的几天都是晴天，不太平整的路面上布满了各式各样的印迹。尽管这个地方太过偏僻，鲜有人来，可是我还是看到路上被压出了不少车辙。我心中生出一丝好奇，开始去察看各式各样痕迹的大体轮廓，同时努力地在抑制记忆中关于这个地方的那些让人惊骇万分、天马行空的可怕想象。这个地方寂静得让人觉得阴郁，隐隐能听到从远处传来的溪流声，目之所及全是层层叠叠的葱郁山峦，险峻非常的悬崖峭壁上覆盖着黑色的密林，我在这里感觉到某种威胁的气息，这引起我心中更为强烈的不安之感。

就在这时，我的脑中闪过了一个念头，这使得那些原本模糊不清的凶险和一系列的可怕想象显得微不足道。我之前提到过，自己出于一丝好奇去观察地面上各种不同的痕迹。但是，就在突然之间，我感觉到一阵巨大的恐怖，全身都僵硬了起来，它彻底扼杀了我的好奇心。路面上的各种痕迹大多都凌乱不堪地混杂重叠在一起，我只是随意地去看看，并没有太多地去注意。但是，当我把焦虑的目光投落到通向房屋的小道与公路交接的岔口附近时，我看到了某些细微的痕迹，同时也毫无疑问地意识到了这些痕迹所能带有的可怕含义，并使得我感到绝望。我曾经盯着埃克利寄来的外来生物爪印的照片足足几个小时，这绝不是徒劳，在这里便起到了作用。对那些令人憎恶的螯爪所留下的痕迹，我已是再熟悉不过，那些不明方向的爪迹绝不会是这个星球上的生物留下的，我也绝不可能把它们弄错。我确确实实在那里看到了客观存在的爪印，至少三个。这些爪印混杂在从埃克利家进进出出的大量人类脚印之中，充满了一种邪恶的气息。而且，它们看起来应该是数小时之前留下的，正是那些来自犹格斯星球，看起来像菌类的生物留下的足迹，让人不寒而栗。

我及时地抑制住了自己的尖叫。毕竟，如果我真的已经相信了埃克利在那些信件中描述的内容的话，这种情形也并没有超出意料之外。他告诉过我，他已经和那些外来的生物达成了一致，和平相处。那么，几个外来生物来到他这儿拜访又有什么奇怪呢？但是，我确实没有感到任何的安慰，还是感到无比的恐慌。难道有人在第一次见到来自宇宙深渊里的生物留下的那些活生生的怪异爪印时会表现得无动于衷吗？就在此时，我看到诺伊斯从房子里出来，正快步向我走来。我寻思着自己必须得保持正常的表情，因为眼前这位友好的朋友可能对于埃克利进行的那些隐晦深邃且骇人惊闻的调查研究还不知情，我不能让他生疑。

诺伊斯急切地对我说，埃克利很高兴我的到来，正打算出来见我，不过，突发性的哮喘可能使得他在这一两天内无法成为一个称职的东道主。这次突发的哮喘给他带来了很大的影响，随之而来的高烧使他全身无力、虚弱不堪。病情一直在持续，他目前的情况一点也不好——只能低声交谈，动作迟缓，也无法四处走动。他的脚一直肿胀至脚踝处，所以他只得将它们包扎得像是患上痛风的老卫兵。今天，他的状况很是糟糕，所以我可能需要一切自便，自己招呼自己。不过他仍然渴望和我交谈。他此时正在前厅左边的书房里，窗帘都被拉上了，房间很暗。因为生病期间，他的眼睛对光很敏感，不能暴露在阳光里。

然后，诺伊斯礼貌地和我告别，开着他的车往北边驶去。我慢慢地走向那座白色的房子。大门半开着，走到门口的我异常谨慎地把这整个地方又察看了一遍，试图确定到底是什么东西让我产生了一种模糊不清的怪异感觉。库房和谷仓看起来很整齐，没有什么特别的；宽敞的车库没有锁，敞开着，里面停放着埃克利那辆破旧的福特车。紧接着，我就发现了这种古怪感觉的原因——这个地方竟然完全寂静无声。通常来说，一个农场里养着各种牲畜，最起码也会传出一些骚动的声音。但是在这里，没有一丁点儿生命的信号。那些鸡和狗哪儿去了呢？埃克利在信中曾提过的他饲养了几头奶牛，很可能是被放牧到草原上去了，而那些警犬也可能已经被卖掉了。可是，如果就连鸡群发出咯咯咕咕声也没有的话，那就相当地奇怪了。

我并没有在这房前的小路上停留太长的时间，还是毅然地走进了那扇大门，随手关上了它。当时我相当矛盾，这样做意味着我现在被封闭在这个房子里了。有一瞬间我特别想从这里逃离出去，这并非因为这个地方看起来有些凶兆或是危险。正好相反，房内的殖民时代晚期风格的走廊洁净高雅，我也很欣赏布置室内家具和装饰的人所拥有的品位。促使我想从这里逃离的是一些难以确定的细微之物：可能是我觉得自己闻到的某种奇怪的气味，不过我也清楚即使是在最豪华的农舍里也会闻到一些霉烂的味道，这很正常。

VII

我竭力不让这些阴郁的疑虑在心里蔓延，依照诺伊斯刚才的指示推开了左边那扇白色的门。门上饰有六块镶板，配有黄铜制的门锁。门后的房间比我之前想象的还要暗一些。而当我走进里面时，我留意到房里那种奇怪的气味变得更加强烈，空气里好像隐现着某种节奏或是震动的韵律。有一瞬间，紧闭的百叶窗处漏进来的一点光线让我能看到一点东西，不过一阵带有歉意的声音或是低沉的私语将我的注意力转移到了摆放在房内黑暗角落里的那把安乐椅上。在这室内的一处阴暗中，我隐隐地看见了白色的脸和双手，我立刻朝那个正想和我说话的人走了过去，向他问好。虽然这里的光线非常暗淡，但我还是能够感觉得出这个人的确是邀请我过来的主人。我曾经反复地看过他的那张照片，坚毅的表情、饱经风霜的脸、灰白的短茬胡子，就是他，我绝没有认错。

但是，当我再次打量此人时，心里生出了一丝焦虑和难过。这是一张重病患者的脸：他脸上的皮肤紧绷，面部僵硬得没有任何表情，目光呆滞，连眼都不眨一下。我想这肯定不是突发性哮喘所出现的症状。同时，我也意识到他长时间经历的恐怖事件对他的身体健康的影响是多么严重。难道这一切还不够让一个普通人崩溃吗？即便是比这个勇敢的学者更年轻的人，也一样会被那一系列匪夷所思的恐怖折磨成这样。恐怕，那突然之间的身心放松来得太迟，还不能把他从全面崩溃的状态中解救出来，恢复正常。他瘦骨嶙峋的双手搁放在膝盖上，毫无生气的迟钝模样让我心生怜悯。他的身上套着一件宽松的睡衣，一条鲜艳的黄色围巾或是头巾裹在头上，遮住了脖子。

我看到他试着要和我说些什么，仍然用的是那种低沉的语调。一开始，我很难听到他在低低地说些什么，因为花白的胡子遮住了他嘴唇的动作，而且他说话的这种音调让我极度不安。在我努力地集中注意力后，很快就弄明白了他要表达的意思。他的这种口音绝没有乡下的味道，而且说出来的语言比我根据他的信件内容所推测的更为文雅：

"我猜，您是威尔马斯先生吧？请原谅我不能起身。正如诺伊斯先生告诉您的一样，我现在病得很重。但我还是坚持邀请您过来。您已经看过我给您写的最后一封信了吧，等明天好点了，我会告诉您很多事情。在和您通了那么多的信后，您不知道见到您本人我有多高兴。您已经把那些信件带来了吧？还有那些照片和唱片？诺伊斯把您的行李箱放在大厅了，可能您已经看见了。恐怕今天晚上您要自己接待自己了。您的房间就在楼上，这个房间的正上方，楼梯口旁边就是浴室，门开着。从这扇门出去，右边是餐厅，里面已经为您准备好了饭菜，您想什么时候吃都行。明天我会尽地主之谊，但是现在不行，全身虚弱，连我自己都很无助。

"您就当在家一样——带包上楼的时候您可以把那些信件、照片，还有那张唱片先拿出来放桌子上。我们明天就在这里讨论这些东西，留声机就放在那个角落里。

"不用，谢谢，您不用做些什么，这些都是老毛病了，您也帮不了我。您可以在附近走走，太阳落山前回来我们谈一会儿，您要是困了就上楼休息。我就在这里休息，可能整晚都会待在这里，平常也是这样。等到明天早上，我就会好很多，可以和您去探讨那些我们必须要谈论的事情。我们所要面对的事情绝对会让您大吃一惊，将会有一些超出人类科学与哲学概念之外的关于时空的浩瀚知识——一扇只向地球上极少数的一部分人类敞开的大门，其中也有我们。

"您知道吗？爱因斯坦错了。在宇宙中存在着某种物质和力量，它们的运动速度已远远超过了光速。借助某种正确的方式，我也可以在时光隧道中自由穿梭，穿越到过去或是未来，真实地去目睹和感受遥远的过去和未来的新纪元。您根本无法想象那些生物所掌握的科学技术已经达到了怎样的程度。它们能够对有机体生命的思想和身体做任何事情！我渴望着能去其他的行星，甚至其他的恒星和星系。首先要去的将会是犹格斯星球，那里是那些外来生物居住的离我们最近的地方。它是一个黑暗的奇异星球，位于太阳系的最边缘，至今还未被天文学家们发现。我之前应该在信中告诉过您这些。您应该明白，在适当的时间里，那些外来生物将会直接与我们进行思想交流，让地球上的人类知道那个世界的存在——很可能是让它们的一个人类同盟向科学家们展示这些。

"犹格斯星球建有很多巨大的城市。城市中矗立着一排排用黑色岩石倚着斜坡而建的巨大高塔，我曾经要邮寄给您的就是那种黑色岩石的样本，它就来自犹格斯星球。在那里，太阳光比星光还要暗淡。但是那些生物并不需要光线。它们有更为微妙细致的感官，不同于地球上的生物。它们也不会在巨大的房屋和神庙里设置窗户。光线会对它们造成伤害，妨碍它们，造成混乱。因为它们最初生活在一个超越时空的黑暗宇宙，那里根本就不存在光线。任何心智脆弱的地球人去犹格斯星球肯定会崩溃而疯癫，就算这样我还是要去。犹格斯星球上还有一些神秘的巨桥，是一种被遗忘的种族修建的桥，它们早在那些生物从终极虚空来到犹格斯星球之前就已经灭绝，巨桥之下黑色的黏稠河流缓缓流淌着。如果有此经历的人类还能保持正常的神志将这一切讲述出来，那么此情此景足以让任何人变成诗人但丁或是爱伦·坡。

"这个建有菌状葱绿园和无窗建筑的黑暗城市实际上并不可怕，只是对我们来说好像是让人畏惧的。或许在远古时期，当那些生物第一次探索我们这个世界时，也表现出像我们一样的畏惧。您知道，它们在很早很早以前就来到了地球，那时传说中的克苏鲁时代还没有终结，传说中沉没的拉莱耶之城还存在于水面之上，它们记住了所有的一切。它们进入地球的内部世界，人类对其却一无所知。它们中的一些就生活在佛蒙特州的深山里，那里还存在着一些未知生命的世界：散发着蓝光的坎杨、点点红光的尤斯、暗不发光的恩凯。那邪恶可怕的撒托古亚就来自恩凯种族。您应该知道的，在《纳克特手抄本》《死灵之书》以及经由亚特兰蒂斯的高级牧师卡拉卡什·唐保存下来的康莫尼姆传说体系中提到过的生物——像蟾蜍一般无定形实体的强大生物。

"这些我们晚点再谈。现在应该四五点了。您最好先把那些素材资料从旅行箱里拿出来，去吃点东西，然后慢慢再谈论这些。"

我遵从了埃克利的提议，缓缓地走出去拿我的行李箱，并取出那些需要的文件资料，放好之后我走进了为我安排的房间。此时，我大脑里还想着路面上那些爪印，埃克利近乎私语的低沉话语也给我带来了一种奇怪的感觉。他话语中透露出他对那个菌类生物聚集生活的未知世界的熟悉程度，让我毛骨悚然。我深深地为埃克利的重病感到遗憾，却也不得不承认，他沙哑低沉的语调虽勾起了我的怜悯之心，却也让我感到一种莫名的厌恶。要是他没有那么贪婪地盯着犹格斯星球上那些黑暗的秘密该有多好！

埃克利给我安排的房间设备齐全，很是舒适。这里没有那种霉烂的气味，也没有那种让人不安的震动感。我把行李箱安置在房间后又下楼去和埃克利招呼了几句，然后去享用他早已为我准备好的饭菜。餐厅就在书房旁边，厨房在同一方向的更远处。餐桌上的食物很丰盛，摆放着三明治、蛋糕和奶酪，杯碟的旁边放着一个用来装热咖啡的保温壶。吃完美味的东西之后，我为自己倒了一大杯咖啡，很快发现在这个细节上厨房的工作有失水准。

我刚喝了一口咖啡就察觉出其中有一种淡淡的辛辣，这味道让我很不舒服，所以我就把杯子放到一边，不再喝了。用餐的过程中，我想埃克利应该一直在隔壁黑暗房间里的椅子上静静地坐着。

中途，我曾走过去邀他一同进餐，但他低声地说他现在还吃不下，入睡前，他会喝点麦芽精。这一天他也就只吃了这么点东西。

吃完午饭，我坚持要自己收拾桌上的盘碟并在厨房的水槽里把它们清洗干净，顺便也把那杯我不喜欢的咖啡倒掉。干完这一切后，我回到书房，搬来一把椅子放在靠近主人的位置，准备和他谈论一些他想谈论的东西。那些信件、照片和唱片仍旧摆放在房中间的大桌子上，但我们暂时都还用不到它们。不久之后，我遗忘了那股奇怪味道和那种震动感觉。

我曾经说过埃克利在信件里描述过某些情形，尤其是篇幅最长的第二封信。我甚至不敢去引用其中的词句，不敢把那些内容用文字表述出来。这种胆怯的犹豫也同样适用于这个傍晚，我在那偏远山区中的黑暗房间里所听到的窃窃低语。我甚至都不敢在此提及那种沙哑的声音所述说的宇宙间的恐怖。埃克利早就知道很多隐晦而神秘的事情，但是自从他与那些外来生物达成和解之后，他获悉了更多让正常人根本无法接受的诡异之事。他和我讲述了一些关于终极无限的结构体，维度空间层面并置的知识，还描述了我们所知道的这个宇宙在超级宇宙中的位置——宇宙原子所组成的无尽链条交织在一起，构成了那个由物质和半物质的电子组织构成的有弧线、有角度的超级宇宙。即使是现在，我也不愿去相信他所说的这些。

从来没有一个正常人能如此危险地接近那些基元存

在的奥秘，也从来没有一个生物的大脑能如此接近那超越一切形式、力量和对称性的混沌中所存在的彻底毁灭。我从埃克利的叙述中得知了克苏鲁根源于何处，也明白了那些历史上记载的短暂出现过的星体为什么多半都只是昙花一现。从那些连埃克利也会因胆怯而犹豫不决的讲述中，我猜到了那些隐藏在麦哲伦星云和球状星云背后的秘密，以及掩藏于那古老的"道学"之下的阴暗真理。那些讲述明确地揭露了杜勒斯的本性，让我了解了廷达洛斯猎犬的特质（虽然我并不知道它们的起源），同时去除了关于伊格、巨蛇之父传说中那些象征的虚无。当他讲述到宇宙之外的那个巨大无限的曾在《死灵之书》里被仁慈地以阿撒托斯这个名称掩藏其本质的原子混沌空间之时，我心中开始产生了一种厌恶之感。以具体详尽的方式来揭露那些秘密传说中邪恶梦魇的事实着实让人感到极度震撼。而那些近乎病态的直白讲述已经远远超过了那些远古时期和中世纪年代的神秘主义者最大胆的讲述，令人更加憎恶。我开始相信第一个私下流传这些邪恶传说的人类必定和埃克利一样接触过那些外来生物，并进行过思想的交流，甚至可能真正去过宇宙之外的地方，而那里正是埃克利现在所期望要去的地方。

　　我知道了那块黑色石头到底是什么以及它本身又意

味着什么，并为它最终没有被寄到我的手中感到欣慰。我之前对石头上的那些象形符号的猜想竟然完全正确！然而，埃克利现在似乎已完全接受了他偶然间发现的这一系列极其可怕的事情，不仅如此，而且还渴望进一步去探索恐怖的深渊。我很想知道，在给我寄了最后一封信之后他到底和一群什么样的异族生物进行过交流，也想知道那些生物中是否真的有一些会和他提到的那个间谍一样以人类的模样出现。这一刻，我的大脑已高度紧张，让我无法忍受。同时，对于这阴暗房间里的那些无法散去的怪异气味以及能感觉到的颤动，我的大脑里滋生出了各种各样的荒诞想法。

此时，夜幕已然降临。我想起了埃克利在信中关于那些夜晚的描述，又想到今晚是无月之夜，心中不寒而栗。我极不喜欢农舍的地理位置——处在被密林覆盖着的山坡下，山坡通往人迹罕至的黑山顶峰。在得到埃克利的允许后，我点亮了一只较小的油灯，把光亮调小，并把它放置在远处的书架上，紧靠着幽灵般的弥尔顿半身像。但是之后，我又后悔这样做，因为在油灯昏暗的光亮下，主人面无表情、紧绷僵硬的脸和萎靡消瘦的双手显得极其怪异，如同死尸一般。他看起来几乎已经不动了，但我偶尔又看见他在生硬地点头。

他讲述完之后，我几乎已经无法想象明天他又会告诉我一些怎样更加深奥的秘密。但是，最后他还是告诉了我明天将要讨论的主题是他要去犹格斯星球和宇宙之外的计划，而且我也可能会参与其中。当听到我自己也被计划加入这一次穿越太空的旅行时，立刻开始表现出一种惊慌失措的恐惧表情。这表情一定让埃克利感到可笑，因为当我表现得很惊恐时，他的头开始剧烈地摇晃起来。随后，他非常温和地告诉我人类应该如何进行这种看似不可能的穿越星际的真空飞行，事实上已经有人完成过这种壮举。人类完整的身体的确无法完成这种星际旅行，但是那些外来生物利用它们匪夷所思的外科手术、生物、化学以及机械方面的技术探索到了一种方法：只将人类大脑里的思想输送出去，而不用转移人类思想所依附的身体结构。

这种方法能将人类的思想和身体剥离开来，并且能让剥离下来的人体器官在失去思想的状态下继续存活下去。而那没有任何依附、体积较小的思想被浸泡在某种液体之中，装在一个真空的金属圆筒里，时而还会往里添加液体。圆筒是用从犹格斯星上开采的某种金属铸造而成的。电极从圆筒中穿过并与某种精密仪器相连，从而仿制视觉、听觉和语言这三种重要功能。对于这些有翼的真菌生物来说，携带这些圆筒穿越太空并将之完整无缺地带到另一个星球是一件轻而易举的事情。然后，在覆盖着它们的文明的每一个星球上，它们就能找到很多可调节功能的设备，让其与密封在圆筒中的思想相连接；通过一些简单的调试之后，这些思想就具有了生命，在连续不断的时空穿越旅程中，每一个阶段都会获得完整无缺的感官、知觉和语言能力，尽管它只是一种没有躯体的机械形式。这就像是随身携带着一张留声机唱片，只要找到与之相匹配的留声机就可以播放。原理就是这么简单。至于这种方法是否可行，埃克利一点也不担心。难道这种方法已经一次又一次地被用于实践中并辉煌地完成了星际穿越的壮举了吗？

这时，埃克利那几乎没有动弹过的近似于废弃的手第一次举了起来，僵硬地指向房间另一边的书架。书架上很整齐，上面摆着十多个我之前从未见过的金属圆筒。圆筒大约 1 英尺高，直径略小于 1 英尺，每个圆筒凸起的表面上都设置了三个呈等腰三角形的怪异插槽。其中有一个圆筒的两个插槽正连接着摆放在后面的一对机器。它们的用途不言而明，我像是得了疟疾一样地打起了冷战。然后，我看到那只手指向了一个很近的墙角，在那里堆放着一些做工复杂的仪器，上面附有线路和插头。

其中有几个与书架上圆筒后面摆放的设备很是相像。

　　"这里有四种不同的仪器，威尔马斯。"埃克利用低沉的声音说道，"每种仪器都有三个功能，共十二个部分。你看，那上面的圆筒代表着四种完全不同的生物。三个人类、六个不能以实体在太空中穿行的菌类生物、两个海王星上的生物（老天，如果你能看看这些生物在它们自己星球上时的形体就好了）。剩下的生物全都来自银河系外一个特别有意思的暗星，它们生活在那个星球的中央洞穴里。在位于圆顶山之中的主要前哨里，你会不时地看到更多的圆筒和机器，这些圆筒里有一些装载着从宇宙之外来的思想，它们是来自遥远外太空的同盟者和探索家。它们的器官和你我所知晓的完全不同，不过却有专门的机器能很快给它们提供合适的感觉和表达的能力。圆顶山，与这些生物在各个宇宙大多数的主要前哨站一样，是一个宇宙综合化的地方。当然，它们只会把最普通的类型用于我们进行实验尝试。

　　"现在，把我指给你的那三台机器搬到桌子上——那个前面装配着两个玻璃镜的较高的机器，那个装有真空管和传音器的盒子，还有那个顶端装有金属圆盘的机器。然后，你把那个贴着'B-67'标签的圆筒也拿过来。够不着书架，就站到那张温莎椅上去。重吗？别担心！

必须要确定是'B-67'，不要弄错了。不要去动那个和两台测试仪器相连接还在闪着灯的圆筒——就是上面标着我名字的。把'B-67'放在桌子上，要靠近那些机器，然后把三个机器上的转盘开关都调到最左端。

"把那台装有透镜的机器连接到圆筒最上面那个插槽，就在那儿！把装有真空管的机器接在下面左手边那个插槽里，带金属碟的仪器连接到最外面的那个插槽。现在，把机器上所有的开关都转到最右端——先转透视镜的那个，再是金属碟的那个，最后是真空管的那个。对，就是那样。我还是先和你说说那个人好了——就像我们中的任何一个。明天再让你试试其他的。"

直到今天，我都想不清楚自己为什么要那么顺从地按照那低沉沙哑声音的指示去做，也不知道我把埃克利当成正常人还是失常者在看待。经历过之前一系列的事情之后，我应该已经准备好了去应对任何状况。但是这种机械的体力表演看起来像极了那种典型的疯狂发明人和科学家的异常行为，并让我产生了怀疑——即便是之前那些荒诞离奇的讲述也没有引起过如此多的疑虑。这个窃窃低语的人所做出的言行都超越了人类所持有的观念。然而，难道地球之外更远的太空就不存在其他的东西吗？难道仅仅因为缺乏具体确凿的证据就认为这一切离奇荒谬吗？

当大脑还在这混沌之中晕眩时，我听到了刚才连接上圆筒的三台机器都发出一种摩擦和转动的混合声音。很快，这种混杂的声音就平息下来变得寂然无声了。将会出现什么状况？我会听到机器发出的声音吗？如果是这样，我有什么证据能证明它并不是由某个一直隐匿着去密切监视着我们一举一动的人正通过某种巧妙混制的无线电装置在发出声音呢？即使到现在我也不愿承认我听到了什么，或者是在我的面前真正出现了什么现象。但是看起来确实有什么事情发生了。

简单地说，那个装配着真空管和传音器的机器开始说话了，而它所表达的言语要点清晰，很有智慧。这一切都毫无疑问地表明了说话者的确就在现场，而且正观察着我们。那个声音很响亮，带有金属的质感，毫无生气，从发音的每个细节都能明白无误地听出它的机器特性。没有音调变化，也没有感情的融入，只是极度精确沉稳地发出声音，喋喋不休，那声音犹如刮擦金属片般刺耳。

"威尔马斯先生，"那个声音说道，"我希望没有吓着您。我和您一样是人类，但我的身体现在正安全地存放在从这里往东大约有 1 英里半路程的圆顶山之中，在接受营养补给。我的思想和您在一起，就在这里。我的思想就装在那个圆筒之中，我能通过这些电子振动器去看、去听，还能说话。一周之内我将会像之前做过的很多次尝试那样再次穿越时空，我期待着埃克利先生同往，希望您也能参与其中。之前耳闻过您的大名，也仔细查看过您与我们的朋友之间的书信，现在又见到了您，我非常高兴。地球上的人类只有很少一部分与外来生物通过思想的交流结成了同盟，而我就是这少数人中的一个。我第一次与它们结识是在喜马拉雅山脉一带，并且在很多方面给予过它们帮助。作为回报，它们让我体验了只有少数人类才有过的经历。

　　"如果我说我曾经到过三十七个星球，有行星、暗星，还有一些难以定义的星体——其中八个位于我们银河系之外，还有两个已经超出了我们时空的宇宙范围，您知道这意味着什么吗？而所有这些对我并未构成任何损害。那些外来生物通过裂变熟练地把我的思想从身体里取走，这个过程如此简单，根本就不能称为外科手术。那些来到地球的生物掌握了很多技术，使抽取思想的过程变得相当容易，甚至已经习以为常。当人类的思想被从身体里提取出来以后，他的躯体就不会在时间里慢慢衰老。另外，我得补充一点，那些外来生物会不时地更换用于浸泡的液体，通过这种方式来提供机械的功能以及营养供给。这样一来，提取出来的思想实际上已经是长生不朽了。

"总的来说，我衷心希望您能够和埃克利先生，还有我一起体验这种经历。外来生物渴望能认识像您这样知识渊博的人，同时也希望让这些人亲眼看到那些我们大多数人在愚昧无知的幻想中曾经梦到过的伟大深渊。与它们的第一次会面好像会觉得怪异，但我知道您不会在意这些。我想诺伊斯先生也会和我们一起去，就是那个开车把您带到这里的人。他早在几年前就是我们中的一员了，我猜您能辨识出他的声音，就是埃克利先生寄给您的那张唱片中的一个声音。"

听到这里，我的反应很强烈。说话者停顿了一会儿，又继续他的讲话："所以，威尔马斯先生，我希望您好好考虑一下；另外，我知道您一直很热爱奇异之事与民俗传说的探索研究，像您这样的人绝不应该错过如此珍贵的机会。没有什么好畏惧的！所有的转变过程都没有疼痛，况且在完全的机械感官状态下会享受到很多乐趣。当断开电极连接后，人只会进入一个特别生动的梦境状态。

"现在，如果您不介意的话，我们就结束这次谈话，等到明天再说。晚安！您只需把所有的开关都转回到左边就可以了。不用担心它们的顺序，不过您最好能把装有透视镜的机器放在最后关掉。晚安，埃克利先生，好好招待我们的客人。准备好关闭开关了吗？"

就是这些了。我机械地遵循着指示，关掉了三个开关，但对刚刚发生的一切充满了怀疑，头脑恍惚。当我听到埃克利用低沉的话语告诉我不用管摆放在桌子上的所有仪器时，我仍然处于眩晕状态。他并没有对刚才发生的一切做出任何评论，事实上，也没有什么方法能够很好地表达出我所感受到的压力。我听到他说我可以把油灯带到自己房间里去用，看来他希望独自在这片黑暗里休息。这时候他也确实该休息了，因为从下午到晚上，他一直在向我讲述，即使是一个精力充沛的人，到这个时候也会感到精疲力竭。我神情恍惚地向主人道了晚安，尽管随身还带着一支质量不错的小型手电筒，我还是带着那盏油灯往楼上走去。

楼下的那个书房里一直弥漫着一种怪异气味，而且我总能隐约感觉到一种颤动。从那里出来，我的心情也好多了。然而，当我想到自己现在所处的环境以及将与之碰面的神秘力量时，还是无法从心底摆脱那种毛骨悚然的感觉，那是畏惧之中交织的危险以及担忧。这里偏僻荒凉，房屋的后面就是那高耸的黑林山脊，那一片诡异的密林离这里如此之近。我又想起了路面上的怪异脚印，还有坐在黑暗中生了病的埃克利，他低低地发出声音，却总是一动不动。那些邪恶的圆筒和仪器，尤其是奇怪的手术和时空旅行的邀请更是无比诡异。这一切对我来说都显得那么陌生，它们突如其来闯进了我的生活。这种渐渐累积起来的外力不断地磨蚀着我的意志，甚至几乎消耗掉我所有的体力。

今晚我知道了把我带到这里来的诺伊斯居然就是唱片录音里的那场邪恶仪式里的人类司仪，这个事实让我尤为震惊，尽管我在之前就已经从他的声音里觉察到一丝厌恶的熟悉。另一种特别的惊异则来自我对主人的态度，不论什么时候都不愿去细细琢磨，我本能地喜欢那个写信的埃克利，但是现在我发现他让我产生了一种明显的反感。他的病原本应该激起我的同情，却反而让我感觉到了一种恐惧。他看起来身体僵硬，面部呆滞，像是一具死尸；还有那连续不断的完全不像是人类发出的低语声让人深深感到厌恶。

我突然想到他的这种低语与我曾听到过的任何声音都有很大的不同。虽然说话者被胡子遮住的嘴唇很奇异地几乎没有动过，但是这样一个突发哮喘的患者发出的声音却携带着一种潜在的力量，就算是完全隔着一个房间，我依然能理解说话人的语言。甚至有一两次，我总觉得那声音虽然低弱但带着一种渗透人心的力量，这表明说话人并非真的虚弱无力，更像是出于某种原因而故意压抑了自己的声音。至于他这样做的原因，我无从猜测。从一开始，我就从那音调中感觉到了一些令人不安的特质。而现在，当我试着去权衡整件事情时，我认为能够从那种感觉中追溯到一种潜意识里的熟悉，就像我从诺伊斯的声音里能觉察出一丝的不祥一样。但是，到底是在何时何地听到过这种声音，我却无从说起。

不过，有一件事是可以确定的——我绝不会在这里多待一晚。我对科学的那种热情已经在恐惧和厌恶之中完全消失。现在，我什么都不愿意去想，只希望能从这张由离奇的恐怖与反常的事实所编织出的网中逃脱出去。我现在所知道的东西已经够多了，我不想再知道任何更多的内容。宇宙时空中的联系可能确实存在，但这些联系绝不意味着我们人类可以涉足其中。

邪恶的力量似乎环绕在我的周围，令人窒息地压迫着我的思维意识。这样的情形下，我想睡觉已经是不可能了。所以我只是吹灭了那盏油灯，和衣躺在床上。这种行为无疑显得有些荒谬，但我当时确实准备着要应对一些未知的紧急情况。我的右手紧紧地握着随身带来的左轮手枪，左手抓着小型手电筒。楼下没有任何声音，我能想象到主人此时正怎样如死尸一般僵硬着身子坐在那一处黑暗之中。

我听到从某处传来的时钟滴答声，竟然对这种正常的声音略带感激。可是，这声音也让我回想起这个地方的另一个怪异，让我感到不安的怪异——这里完全没有动物。可以肯定这附近一带并没有家畜，而此刻我意识到那些野外动物在夜间发出的那些声音在这里也完全听不到。除了从远处的某个地方传来的看不见的水流所发出的让人感觉到凶险的声音之外，这里完全是一片死寂，极为反常，像是星际间的那种沉寂。我想知道到底是怎样的星际间无形的荒凉在笼罩着这片土地。我想起那些古老传说里提到过狗和其他兽类总是会对那些外来生物持有敌意，极度厌恶它们。我也开始思考路面上留下的那些印迹可能意味着什么。

VIII

我竟然出乎意料地陷入了沉沉的昏睡。不要问我睡了多久，也不要问我紧接着发生的事情有多少是梦境。如果我告诉你，我在某一时刻醒来后听到和看到了什么，你只会说我那时候还没有醒来，我所描述的那一切都是梦境，直到我从房子里冲出去的那一刻。那时，我从那座房子里冲了出来，跌跌撞撞地向停着福特车的车棚跑去。我疯狂地驾驶着那辆古老的汽车，漫无目的地在这片外来生物经常出没的深山之中疾驰，经历了几个小时的颠簸之后，我费尽了力气终于穿过了那片危险的森林迷宫，最后到了一个村庄，后来才知道那个地方是汤恩森德。

你们当然也不会相信我之前经历的那些事情。你们会断言所有的照片、唱片里的声音，圆筒和机器发出的声音，以及其他类似的证据都是某些有经验的老手利用亨利·埃克利的失踪给我布下的一个精妙的骗局。你甚至会说这是埃克利与其他一些有怪癖的家伙精心策划并执行的一个恶作剧——他自己在基恩拿走了快递物品，也是他让诺伊斯制作了那张唱片。不过，诺伊斯的身份还一直未能确定，这一点极为古怪。因为他应该经常到这个地方来，可是住在埃克利附近的每一个村民都不认识这个人。我真希望自己那时能记下诺伊斯那辆车的车牌号码，或者我什么都没有做反而更好。无论你们怎么断定，无论我如何时不时地去试着说服自己，我都知道那些来自外空令人畏惧的外来生物就潜伏在那人迹罕至的深山密林之中，知道那些外来的生物还派遣了大量的间谍和密使潜伏混杂于人类的世界里。从今以后，我所希望的就是远离那些外来生物的影响以及它们的秘密使者，有多远离多远。

我向当地警察局讲述了这近乎荒诞的事情。当一队警察赶到那栋房屋时，埃克利已经不见了，也没有留下任何线索。他宽大的浴袍、黄色的头巾以及脚上的绷带都还在书房里，被扔在那把安乐椅周围的地板上，却无法确定他的其他衣物是否与他一同消失了。他驯养的警犬以及饲养的家畜确实是失踪了，在房子内外的几面墙上发现了一些奇怪的弹孔，除此之外，并没有发现其他异常线索。屋内没有圆筒和仪器，没有古怪的气味和颤动的感觉，我用行李箱带来的那些资料不见了，屋前路面上那些怪异的印迹也消失了，直到最后我也没有发现任何可疑的证据。

离开那里之后，我在伯瑞特波罗逗留了一个星期。在这期间，只要是认识埃克利的人，我都去向他们询问一些相关的情况。询问的结果让我相信这件事并非由梦境或是幻觉虚构出来的。埃克利曾经很反常地购买过警犬、军火，还有一些化学药剂，他的电话线也总是被切断，这些情况都是记录在案的；所有认识他的人，包括他在加利福尼亚的儿子都承认他对那些古怪的研究所提出的零散杂乱的看法存在独特的一面。思想顽固的人们认为他已经疯了，而且坚定地宣称所有的证据只是他神志不清后像搞恶作剧一样设置出来的，甚至很有可能是在某些有怪癖的同谋的唆使下弄出来的东西。而那些没有受过什么教育的村民却都肯定他讲述过的每一个细节，坚持确有其事。他曾经让一些村民看过那些照片和那块黑色的石头，也让他们听过那张录有骇人声音的唱片，这些村民都说那些照片中的脚印和那嗡嗡的声音与古老传说里记载的很相像。

他们也告诉我，在埃克利带回那块黑色石头之后，村民们就越来越频繁地在埃克利的房屋四周看到一些可疑的景象，听到一些怪异的声音。现在，除了邮递员和少数几个意志坚定的人，其他所有的人都会回避埃克利的住处。在当地，黑山和圆顶山都是众所周知的诡异地方，几乎没有人深入过那里的密林。偶尔会有本地人在那里失踪，这些在历史上都有记载，可以证实。失踪人口里也包括埃克利在他的信里提到过的那个经常无所事事、四处游荡的沃尔特·布朗。我甚至去找了一个在发洪水时曾亲眼在泛滥的西河河面上看到那种古怪东西的村民，但他的描述实在太过混乱，没有什么真正的价值。

从伯瑞特波罗离开时，我决心再也不去佛蒙特州，而且我很确定自己一定会做到。那些深山密林绝对就是那外来种族的恐怖前哨——当我看到一条新闻声称观测发现了位于海王星之后的第九大行星时，我更是对此坚信不疑。那些外来生物说过"它"必然会被人类观测发现，竟然如此吻合。天文学家把那个行星命名为"冥王星"，或许他们自己根本就没有意识到这个名字有多么地贴切。我认为"冥王星"这个名字毫无疑问地与那黑暗的犹格斯星球完全相符。可是，那个星球上的怪异生物为什么要在这个特别的时间让地球上的人类探测到它们的星球？当我力图找出其中的缘由时，心中滋生出阵阵寒意。我想说服自己，那些可怕的生物不会给我们的地球以及居住在地球上的正常生物带来危害，可是这一切说辞不过是徒劳。

不过，我还是要把自己在那间农舍里度过的那个恐怖的夜晚发生的所有事情讲述出来，作为这个事件的结尾。我在前面说过，那晚我在不安中陷入了昏睡。睡眠中充斥了一些奇怪的梦境，看到了一些怪异的景象。后来究竟是什么把我弄醒的，我也说不清楚。但是那时我的确醒了，这一点我能确定。我先是模糊地感觉到房间外的地板上发出了一种微弱的"咯吱——咯吱——"声，然后是一阵迟缓地摸索门把的声音。然而，这声音几乎在一瞬间就消失了。寂静之中，我听到了下面书房里传出的声音，意识的真正清醒便是从这里开始的。我好像听到那里有几个人在说话，而且能够断定他们正在进行一场争论。

等我听了几秒钟之后，我已经完全清醒了。因为那些特殊的声音根本无法让人继续睡下去。那些语调很是古怪，各式各样但却完全相同。只要是听过那张邪恶的唱片的人，都能毫不犹豫地辨识出其中的两个声音。我脑海里闪过一个毛骨悚然的念头：此时此刻，我和那些从外太空而来的未知生物处于同一个屋檐之下。因为那两个声音正是那邪恶的嗡嗡声，那些外来生物就用这种声音与人类交流。这两种声音本身也存在着个体上的差异——不同的音调、不同的口音、不同的语速。然而，相同的是，两者都带着邪恶的特质。

第三个声音无疑是把机械传音器连接到一个置放着思想的圆筒所发出来的。对这个声音的确认是因为那种声音非常响亮，带着金属感和毫无生气的刮擦声，并且没有语调和情绪变化，是一种客观的、精准的喋喋不休，之前已经给我留下了深刻的印象，我绝不会记错。有一会儿，我根本就没有想过这个刺耳声音之后的思想是否就是之前与我交谈的那个人，而是想当然地以为就是他。但是之后我立刻想到如果那些思想所连接的是同样的传音器，那么任何思想发出来的声音都将会是完全一样的，唯一可能的区别在于声音表达所用的言辞、节奏、语速以及发音等方面。在这场邪恶的讨论中，实际上还有两个真正的人类的声音——一个显然是乡下人的粗俗声音，比较陌生；另一个则是之前的向导诺伊斯文雅的波士顿口音。

我努力试着去听清楚它们到底在说什么，那些声音却被结实的地板阻隔了部分。与此同时，我也能听到楼下的房间里传出的阵阵骚动声，像是有什么东西在地面上来来回回地拖曳行走。由此，我自然而然地推测出下面的房间里一定有很多活着的生命，远远超过我能辨识出的几个说话者。对于这种骚动声，我很难用语言对其进行准确的描述，因为几乎没有什么适当的声音可以用来作类比。时不时地总会有些什么东西在下面的房间里穿行移动，像是有意识的实体存在；它们的脚步声听起来像是坚硬的外壳和地板碰撞发出的咔嗒咔嗒声，很像是表面不平整的兽角或是硬橡胶。如果要用一种更为形象的比喻来描述的话，那就像人穿着宽大破裂的木屐在平滑的地面上拖沓着行走发出的声音，但这个比喻并不精确。那些发出这种声音的东西到底是什么？会是什么样子？我根本不敢去多想。

不久之后，我意识到自己根本不可能分辨出这种连续对话表达的意思。

一些分离的词语不时地从下面传到我的耳朵里，尤其是在那个机械的传音器所说的话语中，我还听到了埃克利和我的名字。但由于缺乏上下文的关联，我还是没有弄明白它们所表达的意思。时至今日，我都不愿意根据当时听到的只言片语做出明确的推论，即使那些字句的确暗示了一些东西。我感觉到也能确定自己的下方正在召开一场可怕的秘密会议。至于此时这个会议正在商议怎样一些骇人听闻的内容，我却无从得知。虽然埃克利此前向我确保过那些外来生物的友善，但奇怪的是，我无疑感觉到了一种充满恶意的邪恶气氛已在四周弥漫开来。

我耐着性子继续监听。终于，我能清楚地分辨出不同的声音了。尽管还是不能弄明白每一个声音所表达的内容，但我似乎已经捕捉到了一些说话者特有的表达方式。比如有一个嗡嗡的声音表现出了明显的权威，那个机器发出的声音，尽管仿造出了正规响亮的人类声音，却能听出它处于一种从属的地位。诺伊斯的语调里流露出一种缓和安抚的语气。其他的声音我不再作具体诠释。我并没有听到埃克利那熟悉的低沉的声音，不过我很清楚像那样的声音根本不可能穿透这结实的地板传进我的房间。

在这里，我要把当时听到的一些杂乱的词句和其他的声音写下来，尽可能地标示出每个说话者。下面的文本是从那个传音器表达的内容开始记录的，因为直到那时我才能辨别出一些词句。

（机器传音器）……我自己引起的……把信和唱片送回去……结束它……吸收进来……看见听见……该死的……非人类之力，毕竟……有光泽的新圆筒……老天……

（第一个嗡嗡声）……我们停下来的时候……弱小和人类……埃克利……思想……说……

（第二个嗡嗡声）……奈亚拉托提普……威尔马斯……录音和信件……拙劣的骗局……

（诺伊斯）（一个很难正确发音的词语或是名字，可能是恩伽·克恩）无恶意……和平……好几周……夸张的……早就告诉过你

（第一个嗡嗡声）……没有理由……原定的计划……影响……诺伊斯能坚守圆顶山……新的圆筒……诺伊斯的汽车

（诺伊斯）好吧……都给你……就在这里……休

息……地方

（同时响起的几个声音混杂于一段无法辨别的话语里）

（响起很多脚步声，包括那种古怪的骚动声或咔嗒声）

（一种奇怪的拍打声）

（汽车的发动声和之后开走的声音）

（一片寂静）

以上就是我的耳朵所能捕捉到的楼下谈话的大体内容。当时，在那位于深山之中的诡异房屋里，我在二楼房间的床上僵直着身体，一动不动地躺着，右手紧紧握着一把左轮手枪，左手抓着小型手电筒。我之前说过，那时的我已经完全清醒了，却感觉到自己全身僵硬无力。直到楼下的那些声音消失了很久之后，我的身体依然处于一种麻痹的状态，极为迟钝。我听到楼下某处传来了古老的木质康涅狄格大钟不缓不慢地发出的滴答声。到了最后，我终于听到了一阵不规律的鼾声。我猜测，刚才那场怪异的秘密会议之后，埃克利应该已经感到困倦了，此时肯定在熟睡，而且我能确定他现在确实需要休息。只是，我现在还无法决定自己该怎么打算或是该怎么行动。毕竟，我所听到的东西已远远超出了根据之前的信息做出的推断。难道我不知道那些未知的外来生物已经可以自由出入这间房屋了吗？毫无疑问，埃克利肯定也对它们这次意想不到的来访感到吃惊。我听到的那些支离破碎的对话隐含的一些意思让我从心底感觉到无尽的寒意，并滋生出了一种极为奇怪的疑虑。我强烈地希望自己赶紧醒来证明这一切只是一个梦境。我想，我的潜意识应该已经嗅出了某些特别的东西，只是自己还没有真正地察觉而已。那么埃克利呢？难道他不是我的朋友？如果有什么会对我造成伤害，难道他不会维护我吗？我心中的恐惧突然间变得更加强烈，从楼下传来的安稳平和的鼾声似乎正在嘲笑我此时的寒栗。

有没有可能埃克利已经被它们利用了，并被作为诱饵引诱我带着那些书信、照片和那张唱片进入这深山之中？那些东西会不会因为我们已经对此事知道得太多而试图把我们两个一起干掉呢？我再一次想到在埃克利的倒数第二封信和最后一封信之间的那段时间里应该发生了什么事情，导致整个情形突然发生了奇异的变化。本能告诉我，这中间有什么东西被完全弄错了，事情并不像我看到的那样。我又想起了那杯我没有喝下去的带有辣味的咖啡——难道有什么隐匿着的东西往里面下过药？我必须立刻和埃克利谈一谈，让他明白这些，重新衡量事情的严重性。那些外来生物以揭示宇宙秘密的承诺让他为此着迷并深陷其中，但他此刻必须清醒，必须理智。我们必须在一切还不算太迟之前逃出去。如果他没有足够的意志力离开这里获得自由，我会帮他；要是我无法说服他离开这里，至少我可以自己离开。如果这样，我会借用他那辆福特车，开到伯瑞特波罗之后把车留在那里的车库里。

我已经留意过这里的车库，因为埃克利认为现阶段危险已经过去了，所以那里并没有锁上。这种情况对我来说是个很好的机会，我可以利用它逃跑。此刻，我对埃克利产生的那种短暂的厌恶感已经全然消失。他现在的处境和我差不多，我们必须一起抗争。我知道他现在的身体状况很不好，也不想在这个时候把他叫醒，但我知道我必须这样做。在这种情况下，我不能待在这个地方什么也不做，一直等到明天早上。那时，一切都将成为定局。

最后，我觉得是时候行动了，精神抖擞地舒展开了身体，放松了紧绷着的肌肉。我并没有深思熟虑，而是在潜意识里开始小心谨慎起来，戴上帽子，提起行李箱，然后借助手电筒的光亮往楼下走。我很紧张，右手牢牢地握着那把左轮手枪，左手抓着行李箱和手电筒。我自己也不知道为何要作出这种防范，因为那时的我只不过是要去叫醒睡在这幢房子里的另一个人而已，而且是唯一的另一个。

我半踮着脚尖走下楼梯，来到了楼下的大厅。走到那里时，我能更清晰地听到熟睡的人发出的鼾声，并且推断出他一定睡在我左边的房间，就是那间我没有进去过的卧室。而之前曾听到从那里传出了声音的右边书房却敞开着，黑漆漆一片。卧室的门并没有从里面锁上，我轻轻推开了它。然后借着手电筒发出的光循着鼾声的源头小心翼翼地往前走，最后手电筒的光落到了那个人的脸上。但是，在接下来的一秒钟之内，我慌忙关掉了手电筒，像只猫一样轻轻地退回了大厅。一退回到大厅，我的小心谨慎在这一刻得到证实，不仅仅是出于本能，更是一种理性的明智。因为睡在床上的那个人根本不是埃克利，而是之前领我来这里的诺伊斯。

真实的情形到底是怎样的，我无法去猜测。但常识告诉我，现在最安全的做法就是在任何人醒来之前尽可能地去弄清楚事情的原委。回到大厅后，我轻轻关上了身后卧室的门，并带上了门锁，不希望弄醒诺伊斯。接着我小心谨慎地走进了那间黑暗的书房，希望能在那儿找到埃克利。我想，不论他是否醒着，此时都应该会待在房间角落里的那张安乐椅上，那显然是他最喜欢的休息处。往前走时，手电筒发出的光照在了摆放在桌子中央的邪恶圆筒上。我发现这个圆筒已经连接上了视觉和听觉的机器设备，旁边就是传音器，随时可以连接上。我想到，这一定是刚才那场可怕的会议中说过话的那个装置在圆筒里的思想。有那么几秒钟的时间，我心里产生了一种强烈的冲动，想把它和传音器连接起来，听听它会说些什么。

我想，它即使现在无法发声，也一定意识到了我的到来。因为那些连接上的视觉和听觉设备肯定能觉察到手电筒发出的光亮以及我在地面上行走时发出的微弱声音。但是，我最终还是不敢去摆弄这个东西。不经意间，我发现这是那个带着光泽的新圆筒，上面还标示着埃克利的名字，之前我在书架上看到过它，主人还让我不要去动它。回顾当时的那一刻，我现在只能为自己的胆怯感到后悔，真希望自己当时能够勇敢地把它与传音器连接起来听听它要说什么。天知道它可能会澄清怎样一些隐晦的秘密、恐怖的疑虑和问题。但当时，我没有这样做或许也是一种幸运。

手电筒的光线转向了房间里的那个角落。我以为埃克利会在那里，却极为困惑地发现那张安乐椅上空空如也，并没有任何人在上面熟睡或是醒来。那件熟悉的浴袍搭在椅子上，一部分垂落到了地上，旁边的地上散落着那条黄色的头巾，还有那块缠在脚上的绷带，这一切显得如此奇怪。面对这些，我犹豫不决，努力地去猜测埃克利现在可能在哪个地方，他又为何脱下了身上的病服。这时，我觉察到这间房里弥漫的那种怪异的味道和颤动的感觉都已经没有了。究竟是什么东西产生了那样古怪的气味和颤动的感觉？我突然有一个古怪的想法：它们只出现在埃克利的周围，尤其是在他坐着的地方，那种感觉最为强烈。除了他待着的这个房间以及这间房的门口，其他地方完全感觉不到那种怪异的气味和空气中颤动的感觉。我停下了脚步站在这黑暗的房间里，任由手电筒的光亮在室内漫无目的地四处游荡，绞尽脑汁地想弄明白这一切究竟是怎么回事。

我多么希望自己在手电筒的光亮再次落在那张空椅上的时候，我已经安静地从这里退出去了。但事实上，我并没有安静地从这里离开，而是发出了低声的惊呼，惊呼声肯定惊扰到了大厅那头熟睡中的诺伊斯，但他没有被彻底吵醒。那声惊呼以及诺伊斯持续不断的鼾声，是我在这遍布密林的诡异深山之中，在这山脚下弥漫着恐怖的农舍之内听到的最后声音。四周绵延着苍翠群山，远处的林间传来邪恶的溪流声，这一片幽灵般的土地全然被一种超自然的恐怖所笼罩。

在慌乱的逃窜中，我并没有抛下手中的电筒、行李箱以及那把左轮手枪，在慌乱的情形之下要做到这些简直不可能。不过，我确实没有落下它们中的任何一件。事实上，我小心翼翼地走出了这间书房以及这座房子，没有再发出任何声响。接下来，我拖着沉重的脚步把行李安全地放到那辆破旧的福特车上，然后发动了汽车，在这没有月亮的黑夜里向某个我认为安全的地方疾速飞驰而去。之后那一路的驾驶行程就像是出自爱伦·坡或是兰波①的诗歌，或者是多雷②的画卷，充满了狂乱的幻境。但是最后，我还是到了汤恩森德。所有的事情就是这样。如果在经历了这一切之后，我的神志还是正常的，那么这绝对是一种幸运。有时候，我还是会感到恐惧，总是担心这几年之中会发生些什么怪异的灾难，尤其是当那颗被命名为"冥王星"的新的行星被人类如此离奇地发现之后，我更是惶惶不安。

①让·尼古拉·阿蒂尔·兰波（法语：Jean Nicolas Arthur Rimbaud，1854年10月20日—1891年11月10日），19世纪法国著名诗人，早期象征主义诗歌的代表人物，超现实主义诗歌的鼻祖。——编者注
②古斯塔夫·多雷（Gustave Dore，1832—1883年），19世纪法国著名版画家、雕刻家和插图作家。1832年生于斯特拉斯堡，自幼喜爱绘画，此后潜心练习。他以幽默画成名。——编者注

刚才我提到过，我用手电筒把这屋子巡视一圈之后，又将光亮重新投射到那张空椅之上。这是我第一次去留意那椅子的座位，上面竟然还有一些东西。由于紧邻着那件松散挂在椅背上的浴袍，那些东西并不显眼，我开始根本就没有注意到。那些东西共有三件，但后来赶到的调查警员却没有找到它们之中的任何一个。我之前也说过，从视觉上看来，它们其实并不恐怖。真正的噩梦是根据那些东西所做出的联想和推理。即使是现在，我仍然时时会产生怀疑，并能够部分地去接受那些怀疑论者的看法，他们把我的全部经历都归结于噩梦、妄想以及神经错乱。那三个物件的构造极其精致，上面还配置了精巧的金属夹使它们可以附加在某些生物上面。至于那些生物到底是什么，我已不敢妄加猜测。不管我内心深处的恐惧告诉我那些物件是什么，我多么希望——虔诚地希望它们只是一个工艺巧匠制造出来的蜡质品。老天啊！那个藏在黑暗之中，散发着可怕气味和颤动气流的窃窃低语者！那是巫师、间谍、替代者、外来生物……

　　那压抑着的嗡嗡声，那让我毛骨悚然的声音……还有那一直被放在书架上，崭新的散发出光泽的圆筒里所置放的东西……可怜的人啊……那些令人惊异的外科手术，以及生物、化学、机械方面的精湛技能……

那些放在椅子上的东西，制作得极度完美，即使在显微镜下，每个微小的细节也和实物完全相似，或者可以说那些就是实物，它们是亨利·温特沃思·埃克利的脸和双手。

Herbert West—Reanimator

赫伯特·韦斯特
——复活者

I 自黑暗中来

对于赫伯特·韦斯特，这个我从大学时就认识的朋友，我只能带着极度的恐惧谈及他。这种恐惧不只是由于他最近失踪的方式的险恶，也是由他生活工作的全部性质所引起的。早在十七年前，我们还在阿卡姆的米斯卡塔尼克大学医学院读三年级，我就感觉到这一特质的恐怖了。当时，他所做的实验中的奇妙和魔幻之处深深地吸引着我，我是他最亲密的同伴。而他现在失踪了，咒语也破了，真切的恐惧变得更强烈。记忆与可能性比起现实更可怕。

我们相熟时发生的第一件恐怖的事让我经受的震撼最大，我极不情愿复述这件事。正如我所说，这件事发生在我们还在医学院时，韦斯特已经因为他对死亡本质的解释和可以人为克服它的可能性的疯狂理论臭名昭著。他的那些观点注重生命本质的机械性，并涉及在自然的生理活动停止后，通过化学反应来操控人体器官的方法。这些观点被许多教职员和同学认为是荒谬的。在使用不同激活方法的实验中，他治疗和杀死了大量的兔子、豚鼠、猫、狗和猴子，直到他成为学校里首当其冲讨人厌的家伙。好几次他都确实在已死的动物身上发现了生命迹象，很多次都是极其强烈的迹象。但他很快就意识到如果要完善这一过程，他将会把一生都花在研究中。同样明确的是，因为解决方法在不同的有机物种上从来都不相同，为了进行更深入和专门的研究，他得进行人体试验。就是在此时，他第一次与学校的权威发生了冲突，医学院院长——德才兼备的艾伦·哈尔西教授禁止他再做实验。每一个阿卡姆的年长居民应该都能回忆起教授后来为伤寒受害者做的工作。

我总是对韦斯特的追求十分宽容，并且时常与他一起讨论他的理论，它们的分支和推论几乎是无限的。按照海克尔的观点，所有的生命都是化学与物理进程，所谓的"灵魂"则是一个谜。因此我的朋友相信死者的人工复活只取决于身体组织的状况，除非真正的分解已经开始，一具器官齐全的尸体就能通过合适的措施被重新启动到被认为是活着的奇妙状态中。韦斯特充分地意识到，即使是短时间的死亡也会造成敏感脑细胞轻微的恶化，会使精神或智力受损。起初他希望寻找一种在死亡真正来临前就恢复活力的试剂，但在动物身上反复试验的失败却向他证明了自然与人工的生命活动是无法比较的。于是，他寻找最新鲜的样本，在生命消逝后立刻将他的解药注入它们的血液中。正是这种情况使教授们不得不谨慎地对待此事，因为他们认为真正的死亡并没有发生。他们并没有停下来近距离并理性地观察实验过程。

在他的实验被医学院禁止后不久，韦斯特告诉了我他打算以某种方式获取新鲜的人类尸体，并继续秘密地做一些不能公开进行的实验。他谈论的那些方法极其可怕。在大学我们从未自己采购解剖样本，每当太平间缺少尸体的时候，两个本地的黑人就参与到这件事中来，带来新的尸体，并且从来没有其他人过问此事。韦斯特是个戴眼镜的瘦小年轻人，五官精致，金发碧眼，声音轻柔，因此听到他谈论基督教堂墓地和公共墓地的相对优劣时，我很难不感到阴森恐怖。我们最终选择了公共墓地，因为基督教堂的每一具尸体几乎都经过了防腐处理，这对于韦斯特的研究是毁灭性的。

我在当时是他活跃又顺从的帮手，协助他做一切决定，除了考虑尸体的来源之外还要寻找一个可以进行我们可憎工作的合适地点。我想到了在草丘一侧荒废的查普曼农舍，我们在一楼建了一个手术室和一个实验室，在每一间屋子都挂上黑色帘子来掩盖我们午夜的工作。那地方离所有的道路都很远，也不在其他房屋的视线范围内，但预防措施依旧是必要的，一旦有偶然路过的夜行者传开关于奇怪灯光的谣言，我们的事业就会遭受灾难。我们约定如果被发现，就把整间屋子称作化学实验室。我们为这个实验室配备了各种原料，有些是从波士顿买来的，也有悄悄从学校"借来的"，并且对它们进行了仔细的伪装——除非专家才能辨认真假。还买了铲子和镐子——挖的那么多座坟足够让我们进监狱，我们得谨慎处理尸体。在学院里，我们处理尸体使用的是焚化炉，但是这个设备对我们未经授权的实验室来说太昂贵了。尸体总是讨人厌的东西，即使是韦斯特在寄住房屋的房间里进行秘密实验的豚鼠的小型尸体。

因为我们对样本有特殊的需求，所以我们像食尸鬼一样地追寻着本地的死亡讣告。我们需要的尸体必须是在死后没有经过人工处理，并且很快就下葬的，最好没有病变，所有器官都保留着。意外身亡的人是我们最大的希望。尽管我们借着学校的名义，在不因过于兴奋而显得可疑的情况下尽可能频繁地询问，但好几周我们都没有找到合适的尸体。我们发现大学总是在任何情况下都有第一选择权，因此在夏天哪怕只开设有限的夏季课程时，我们也留在阿卡姆。最终幸运眷顾了我们。某天我们听说了公共墓地中有一具几乎理想的尸体：一个强壮的年轻工人在前一天早晨淹死在了萨姆纳池塘里，没有任何延迟或防腐处理就用了镇上的公费埋葬了他。那天下午我们找到了新坟，决定在午夜之后就开始工作。

虽然当时我们并不像后来那样对墓地感到恐惧，但是在黑暗中工作几小时仍是件令人厌恶的事情。我们带着铲子和昏暗的油灯，虽然当时已经制造出了手电筒，但它们和现在使用钨丝设计的那些手电筒相比仍不那么令人满意。挖掘的过程缓慢而肮脏——如果我们不是科学家而是艺术家的话倒还有些令人毛骨悚然的诗意——因此当铲子敲到木头的时候我们都很高兴。当松木棺材终于完全露出来的时候，韦斯特爬了下去移开棺盖把里面的东西拖出来，我伸手把墓穴里的东西拖到地面上。然后两人再一起努力地将墓穴恢复成它原先的样子。整件事让我们很紧张，尤其是看到我们第一件战利品僵硬的形体和无表情的脸时，但我们成功地抹去了到访的所有痕迹。在把最后一铲土拍平后，我们把样本放进一个帆布袋里朝草丘后老旧的查普曼农舍出发。

在那间旧农舍的简易解剖台上，借着一盏乙炔灯的强烈灯光，我们仔细地打量我们的样本，它看起来并不怎么可怕，是那种典型的平民——强壮但没法给人留下什么想象空间的年轻人——大骨架、灰眼睛、棕色头发，仿佛是只没有思维的动物，而且很可能过着最健康又最简单的生活。现在它的眼睛闭着，比起死了看起来更像睡着了——我朋友的专业检测很快就消除了这疑惑。我们最终得到了韦斯特一直期待的——可以注射韦斯特仔细计算、理论上对人类有效的药剂的尸体。我们越来越紧张，我们知道这次实验几乎没有成功的可能性，但也无法避免对于不完全复活带来的怪诞结果的强烈恐惧。我们极其担心那生物的思想情绪，因为短暂的死亡可能使精密的脑细胞已经受到了损伤。我自己仍然对人类传统的"灵魂"持有好奇的想法，并且对一个死而复生的人在另一个世界的经历感到一种恐惧。我好奇这个平静的年轻人在难以接触的领域见到了什么，如果他能完全回复生命他会怎么谈论这一切。但我并没有完全沉醉在我的好奇里，大多数情况下我与我的朋友共享着唯物主义。当他将大量的药剂注入那具尸体手臂的血管里，并立刻包扎好伤口时，他比我更冷静。

等待令人毛骨悚然，但韦斯特没有动摇。他时不时地把听诊器放在样本上，冷静地面对负面的结果。在没有任何生命迹象大约四十五分钟之后，他失望地公布这一次的实验并没有成功，但他仍旧下决心要充分利用这次机会，在弃掉可怕的实验品之前尝试一下改变公式。我们那天花了一整天在地窖里挖了一个坟墓，本打算在黎明时填满它——尽管已经给房子上了锁，但是我们仍希望将风险降到最小。而且，将尸体留到第二天晚上都不新鲜了。于是我们把安静的客人留在解剖台上，拎着孤零零的乙炔灯进入实验室，把全部精力用在制作新的药剂上。韦斯特几乎带着一种狂热式的热情仔细监督了称重和测量过程。

那件糟糕的事发生得十分突然，完全在我们的意料之外。当时我正把什么东西从一支试管倒进另一支试管，而韦斯特正在这悄无声息的建筑里忙着用酒精灯来点本生灯。从那间我们离开的漆黑房间里爆发出一串有生以来我听到过的最令人震惊、如同恶魔一般的喊叫声。除非地狱之门已经打开，释放了受诅咒的痛苦，否则这混乱的声音无法解释。在一阵不可思议的杂音中，所有超自然和非自然的恐惧与绝望集中在一起——那不可能是人类，人类无法发出这样的声音。还来不及思考我们最新的"雇员"和可能的情况，韦斯特和我就像受惊的动物一样从最近的窗户跳了出去。翻倒的试管、灯和曲颈瓶疯狂地飞进郊区夜晚满天星斗的深渊中。我想在我们磕磕绊绊地向城市跑去时也许在尖叫，但我们到了市郊时却克制了一些，就好像我们是从那放荡的行径中迟归的狂欢者一样。

我们没有分开，而是一同回到了韦斯特的房间，我们在那儿点着煤气灯窃窃私语直到天亮。到那时我们已经稍微冷静点了，得出了理性的结论并且打算进行调查。我们翘掉了当天的课程，在白天睡了一觉，但是那天晚上报纸上完全不相关的两件事让我们再次难以入睡。陈旧的查普曼农舍莫名其妙地烧成了一堆灰烬，我们可以理解那是因为我们打翻了本生灯。另一则新闻是，有人尝试着挖掘公共墓地的一座新坟，但是失败了，只留下了一些好似钝爪在土地上抓过一样的痕迹。对此我们无法理解，因为我们已经非常仔细地把土拍实了。

在那件事发生的十七年后，韦斯特仍然会频繁地回头看，抱怨说他身后有脚步声。而他现在失踪了。

II 疫魔

我永远都不会忘记十六年前那个可怕的夏天，如同来自魔鬼宫殿的恶魔——伤寒像有毒的气体般肆虐阿卡姆。正是这样邪恶的灾祸使大多数人能回想起这一年，真实的恐慌仿佛插上了蝙蝠的双翼在基督教堂墓地中堆积的棺材里筑巢，然而对我而言，当时又有一种更深重的恐惧——因为赫伯特·韦斯特的失踪，现在只有我一个人了解这样的恐惧。

当时，韦斯特和我正在米斯卡塔尼克大学的医学院夏季班进行研究生课程的学习，我的朋友因为他对于死者复活方向的研究而变得声名狼藉。在以科学的名义屠杀了不可计数的小动物后，这项诡异的工作被我们多疑的院长艾伦·哈尔西博士下令停止了。即使如此，韦斯特仍然在他灰暗的宿舍房间里做一些秘密实验，并且在一次糟糕又令人难以忘却的情形下从公共墓地的墓穴里把一具尸体带到草丘后的一栋被遗弃的农舍里。

我和他一起经历了那次可恶的事件，并且看着他将某些他认定在某种程度上能够恢复生物化学与物理进程的药剂注入了静止的血管里，那次经历恐怖地结束后，我们的过度紧张终于变成了妄想般的恐惧——韦斯特之后总有一种被追捕的感觉。那具尸体不够新鲜，很明显，一具人体得非常新鲜才能恢复理智，而老屋中的那场火灾让我们没能埋葬那个生物，如果我们知道它已经被深埋地底也许会更好些。

在那次经历后，韦斯特一度放下了他的实验，但是随着天生科学家的热情缓慢恢复，他重新与大学教员周旋起来，恳求使用解剖室和新鲜人体样本来做那些他认为极其重要的工作。他的请求毫无用处，因为哈尔西博士的决定是不可改变的，而且其他教授都赞同他们领导的决定。在激进的复活理论中他们只见到了一个年轻的乐观主义者不成熟的、多变的想法，他瘦长的体形、金色的头发、戴着眼镜的蓝眼睛和柔和的声音都未能揭示其内部冷静的大脑具备的超常——几乎如同恶魔般——的力量。在我眼里，他现在与那时一样，让我颤抖。他成长得更为严肃，却看上去没有变老。而现在塞夫顿精神病院发生了不幸的事，韦斯特又失踪了。

在我们本科生的最后一个学期，韦斯特曾与哈尔西博士发生了一场争论。比起温和院长的礼貌得体，他显得非常不友好。韦斯特认为自己伟大的工作被毫无必要地、不理智地延迟了。当然，他也可以在毕业之后再进行研究，但他还是希望在能够接触到大学的特殊设施时展开这项工作。那些保守的长者忽略了他在动物身上得到的非凡成果并坚持否认复活的可能性，这对于韦斯特这种讲究逻辑性的年轻人而言几乎是不可理喻的。只有真正成熟后，他才能明白"教授—医生"这类人的精神局限性——这是可悲的清教徒代代相传的可悲思想，善良认真，有时候温柔亲切，但总是目光狭窄、不宽容，旧习缠身，缺乏远见。年龄对这些束于传统却品格高尚的人有更多的善意，他们最大的恶习是胆怯，而最终的惩罚也只是遭受大众嘲笑他们的知识，例如托勒密主义、加尔文主义、反达尔文主义、反尼采主义、各种安息日主义和禁奢令。韦斯特尽管科学成就十分出色但却年轻，对好脾气的哈尔西博士和他博学的同事没有足够的耐心，并产生了越来越多的怨恨，再加上他希望以一种引人注目和戏剧性的方式来证明他的理论。所以与大多数的年轻人一样，他沉迷于复仇，做着白日梦并想象着最后的胜利和自己宽宏大量地原谅他们。

然后那场致命的祸害就来了，微笑着，如同来自地狱的噩梦洞穴一般。韦斯特和我当时已经毕业了，但是仍留在学校参加夏季课程，做一些额外的工作，所以疫病恶魔般地在城里全面爆发的时候我们还在阿卡姆。尽管还没有获得行医执照，但我们已经得到了学位，并且随着受灾人数的增长，我们也被逼着进入公共服务中。情况几乎脱离控制，对于当地的殡仪馆来说，尸体多到无法处理。没有经过防腐处理的埋葬频频发生，即使是基督教堂的墓地也挤满了装着未处理过的死者的棺木。

这种情况对韦斯特来说并不是没有影响，他常常觉得这很讽刺——这么多的新鲜样本，然而没有一个能够用于他的研究！我们过度劳累，糟糕的精神状态和压力使我的朋友抑郁起来。

韦斯特温和的敌人们也受到这累人的责任的困扰，大学几乎全部关闭，医学院的每位医生都在帮助抗击伤寒疫病。特别是哈尔西博士的无私奉献，他将极其高超的技能全身心地运用于许多其他人因为太过危险或毫无希望而避开的情况。不出一个月，这位无所畏惧的院长已经成为一位受欢迎的英雄，尽管他似乎并没有意识到自己的名气，全身心投入工作，并努力避免因身体疲劳和精神疲惫而崩溃。韦斯特无法压抑自己对不屈不挠的敌人的崇敬，但这让他更坚定了要向哈尔西证明自己理论的决心。

利用大学工作和市政卫生规定的混乱，他设法将一具刚刚去世的尸体在晚间偷偷带回大学的解剖室，并在我面前注入了他解决方案新修改的产物。那具尸体真的睁开了眼睛，但只是带着一种木然的恐怖盯着天花板，然后陷入毫无生气的状态。韦斯特说它不够新鲜——炎热的夏季不利于尸体保存。那一次在焚烧尸体之前，我们差点被抓住了，韦斯特开始怀疑再使用大学实验室可能是不明智的。

疫情在八月达到高峰，韦斯特和我差点死了，而哈尔西博士在 14 号就去世了，所有学生都出席了在 15 号仓促举办的葬礼，并且购买了令人印象深刻的大花圈。相比富有的阿卡姆市民和市政府的惦念品来说，再大的花圈都不值得一提。这场葬礼几乎变成了公共事务，因为院长是公众的恩人。在葬礼之后我们都有些沮丧，在商业区的酒吧消磨了整个下午。在那儿，韦斯特虽然因其主要对手的死亡而动摇，但仍然提起了他臭名昭著的理论。随着夜晚降临，大多数学生都回家了，或者去参与各种工作。韦斯特说服我帮他"好好利用这个晚上"，韦斯特的女房东看到我们在凌晨两点左右回到他的房间——带着第三个人，她告诉她的丈夫，我们显然都喝多了。

显然这位语气尖酸的女主人是对的。大约凌晨三点的时候，整栋房子的人都被韦斯特房间里的尖叫声惊醒，当人们破开门闯进去的时候只见到我们两个失去意识地倒在血迹斑斑的地毯上，满身是被殴斗、划伤、撕扯的痕迹，韦斯特的瓶子和仪器四散在我们身边。只有一扇敞开的窗户告诉了大家袭击者的去向，但是人们想知道在他从二楼跳到草坪之后，是如何顺利逃脱的。房间里有一些奇怪的衣服，韦斯特在恢复意识时说它们不属于那个陌生人，是在调查传染病菌的过程中收集的用于细菌学分析的样本。他让人们尽快在宽敞的壁炉中烧毁它们。我们都向警方宣称对第三名同伴的身份一无所知。韦斯特紧张地说，他是一个和蔼可亲的陌生人，我们是在一个地点不确定的市中心酒吧碰到他的。我们都过得挺开心，并不希望我们的好斗伙伴被追捕。

同一天晚上发生了阿卡姆第二件恐怖的事——它的恐怖使瘟疫本身都黯然失色。基督教堂墓地是那场可怕杀戮的现场，一个守墓人被一种狰狞到无法描述的方式杀死了——似乎是被爪子杀死的，人们怀疑这场谋杀并非人类所为。午夜时候，还有目击者看见活着的受害人，黎明时分就只剩下凶残的现场了。隔壁博尔顿小镇上的一个马戏团经理接受了询问，但他发誓说并没有野兽从笼子里逃出来。发现尸体的人注意到有一条血迹指向停尸窖，门外的水泥地上还积着一小摊血液，一条模糊的血迹延伸向树林，但很快就消失了。

第二天晚上，恶魔在阿卡姆的屋顶上跳舞，疯狂地在风中号叫。这座疫病肆虐的城市似乎被诅咒了，有人说它比瘟疫还严重，也有人说那是有了身体的瘟疫魔鬼本身。醒来后便四处播种红色死亡的东西闯入了八间房屋——那无声又喜虐待的怪物留下了十七具满是伤痕，变了形的尸体。有几个人在黑暗中隐约看见了它，说它是白色的，活像一只畸形猿猴或是拟人的恶魔。它在杀戮后并没有立刻离开，因为它饿了。它一共杀死了十四个人，还袭击了三具临时停放在房子里的病人尸体。

在第三天晚上，警方带领搜查队在米斯卡塔尼克校园附近克兰街的一栋房子里抓到了它。他们小心翼翼地组织了这项任务，并且通过在电话亭的志愿者保持联系。当大学区的某个人报告说听到一扇关着的窗户上发出了刮擦声的时候，网便被迅速地撒开了。靠着广泛的警报和预防措施，只增加了两个受害者，这场抓捕没有造成重大人员伤亡。那个生物终于被一颗子弹阻止了，尽管并不致命。然后在众人的兴奋与厌恶中，它被送往了当地医院。

它曾经是个人，尽管有着令人作呕的眼睛，像是无声的猿猴，还有着野兽般的野蛮，这点仍然很明显。包扎好它的伤口后，人们就把它送进了瑟夫顿的精神病院。它用脑袋敲着装了软垫的墙壁，在那间牢房待了十六年——直到最近的意外发生，它在无人愿意提及的情况下逃脱了。最令阿卡姆的研究者感到恶心的是，在他们清理完怪物的脸后，注意到它与三天前下葬的一位博学而具有自我牺牲精神的殉道者——已故的艾伦·哈尔西博士、公众的恩人、米斯卡塔尼克大学医学院的院长有着讽刺而难以置信的相似之处。

对于现在已经失踪的赫伯特·韦斯特和我而言，厌恶与恐惧超越了其他人。如今，当我想起这件事时仍然不寒而栗，甚至比那天早晨韦斯特透过他的绷带喃喃自语的时候抖得更厉害。

"该死的，还是不够新鲜！"

Ⅲ 午夜的六发子弹

在能够用手枪打出一发子弹就已经足够敏捷的突发情况下，打出全部六发是不寻常的，但赫伯特·韦斯特的一生中有很多事都是不寻常的。比如说，对于一个年轻医生而言，为了不用服从两点一线的工作生活方式而离开学校不怎么常见，但他就这么做了。在从米斯卡塔尼克大学医学院获得学位后，我们成为普通的行医者来缓解自己的贫困现状，但我们十分注意不提及选择这间屋子的原因是它是独栋的，而且靠近公共墓地。

不想透露理由总是有原因的，我们也是。因为我们准备将一生投入这项不受欢迎的事业。表面上，我们只是医生，但在这表面之下，我们的目标则是更加伟大且可怕的——因为赫伯特·韦斯特存在的本质就是在未知的黑暗和被禁止的未知领域中探索。他希望能揭露生命的秘密，使墓园中的冰冷尸体具有永久的活力。这样的追求需要奇怪的材料：新鲜的人类尸体，而为了保持这必不可少材料的供应，我们必须住在安静且离非正式安葬地不远的地方。

韦斯特和我在大学里相遇，而我是唯一一个对他的可怕实验产生同情的人。最终我成了他不可分离的助手，我们大学毕业后也选择了继续共事。对于两个被绑在一起的医生来说，寻找一家医院并不容易，但最终学校的影响力保证了我们在博尔顿——一个靠近阿卡姆的工厂镇找到了实习工作。博尔顿的精纺厂是米斯卡塔尼克山谷中规模最大的，而它的多语种雇员不怎么受本地医生的欢迎。我们仔细地选择自己的住所，最终选中了靠近庞德街尾的一栋相当破败的小屋，离最近的居民区有五栋房子那么远，但与当地的公共墓地之间只隔了一片草地，被向北部延伸的一座茂密森林的细颈处分隔开。距离虽然比我们想象的要远些，但是更近的房子在草地的另一边，那已经不属于工厂区了。但是我们并没有太难过，因为在我们和罪恶的资源供应源之间并没有其他干扰。

那段路程很长，但我们也可以不受打扰地拖动我们沉默的样本。

　　我们的实习从一开始就迎来了令人惊讶的大工作量——大到足以让大多数年轻医生感到高兴，也足以让那些真正的兴趣在别处的学生感到厌恶并且变成巨大的负担。工人们在某种意义上有着暴力的倾向，除了正常的工作，时常发生的冲突和斗殴也给了我们很多要做的工作。但真正吸引着我们的则是我们在地窖的秘密实验室——在电灯下放着的长桌。凌晨时分，我们常将韦斯特的不同药剂注入从公共墓地拖来的尸体里。韦斯特疯狂地做实验，想要找到能够在我们称为死亡的东西停止人类的重要进程后还能使它们重新启动的物质，但他遇到了最可怕的障碍。药剂需要针对不同类型进行不同的合成——在豚鼠身上能够起作用的对人类并不起作用，而对不同的人类样本也需要进行大量的修改。

　　实验需要的尸体必须非常新鲜，否则脑组织的轻微分解会使完美的复活变得不可能。事实上，最大的问题是如何获得新鲜的尸体。韦斯特在大学期间曾经用一些非常可疑的办法来获得尸体，而尸体部分复活或不完美复活的结果比完全失败更加可怕，我们都对这种事情有着可怕的记忆。自从我们在阿卡姆的草丘那座废弃的农舍里开始第一次疯狂的实验以来，我们感到了一种似有似无的危险。而韦斯特，尽管大多数时候他都是一个冷静、金发碧眼的科学机器，但是仍然承认有种被人追踪得令人颤抖的感觉。他觉得自己被跟踪了的一个原因是神经动摇而产生的心理错觉，另一个原因则是至少有一件复活的样本还活着这无法否认的事实——被关在瑟夫顿一间软垫监狱里的可怕食肉生物。还有另一个——我们的第一个试验品——它的确切命运我们从不知道。

我们在博尔顿寻找样本的运气不错——比阿卡姆的要好得多。不到一个礼拜，我们就找到一个当天举行葬礼的事故受害者，并让它睁开眼露出了令人惊讶的理性表情，但仅此而已。尸体失去了一条手臂——如果它是一具完美的身体，我们可能会取得更好的成就。从那时起到第二年的一月，我们又获得了三个样本：一次完全失败，一次有明显的肌肉运动，还有一次发生了比较有趣的事情——它自己坐起来，发出一记声响。然后就遇到了运气不好的一段时期，葬礼数量减少，那些下葬的尸体要么病得太重，要么就是残缺严重而没法用。我们系统地关注所有死亡事件和死者的情况。

然而，三月的一个夜晚，我们意外地获得了一个并非来自公共墓地的样本。在博尔顿，普遍存在的清教徒精神禁止了拳击运动，但工人秘密进行的拳赛很常见，偶尔会出现很下作的手段。这个冬末的夜晚，这样的比赛带来了灾难性的结果。因为两个胆小的波兰人来到我们面前低声恳求我们解决一个极其秘密和绝望的事件。我们跟着他们到了一个废弃的谷仓，在那里，一群受惊的外国人正盯着地板上的一具沉默的黑色躯体。

这场比赛是在欧布莱安小子——正在发抖的大个子年轻人，有着一个极不爱尔兰的鹰钩鼻——和"哈莱姆烟雾"巴克·罗宾森之间发生的。这个黑人已经被打倒了，检查告诉我们，他会永久保持这样的状态。他是一个令人生厌，像大猩猩般的家伙，有着异常长的手臂，我不禁想称之为前腿，他的脸使人想起无法言说的刚果秘密和在可怖的月光下发出的咚咚打击声。这具身体在活着的时候看起来肯定更加恐怖——但这个世界上有许多丑陋的东西。整个可悲的人群都感到恐惧，因为如果事情不平息下来，他们不知道法律会如何对待他们。当韦斯特主动提出帮他们悄悄地摆平这件事时，他们都很感激；而我却不自觉地不寒而栗——出于我太了解不过的理由。

明亮的月光照耀着无雪的地面，我们给这尸体穿上衣服，穿过荒凉的街道和草地把它架起来带回家，就像我们在阿卡姆的那个可怕夜晚带回类似的东西那样。我们从后方的田野走近房子，走进后门，沿着地窖楼梯将它搬了下去，并准备进行实验。我们对警察的恐惧非常大，尽管我们已经计算着时间避开片区的巡警。

结果并不令人意外，只是让人疲惫不堪。我们往它的黑色手臂里注射了各种药剂——针对白种人样本的实验中总结制造的药剂——但没有任何反应。随着时间接近黎明，我们像处理其他样本一样处理了它——穿过草地将它拖到附近树林的细颈处靠近公共墓地的地方，然后在冰冻的地面给它挖了个墓穴。这个墓穴并不是很深，但完全和以前的样本——自己坐起来并发出声音的——一样好。借着昏暗提灯的光线，我们用树叶和死去的藤蔓仔细地覆盖它，相当肯定警察永远不会在一个如此昏暗茂密的森林中找到它。

第二天，一个病人带来了可疑的斗殴和死亡的传言，我越来越担心警察的反应。韦斯特还有另一个担心的理由，因为他在下午接到一个病例导致自己陷入危险之中。一名意大利女人因为她失踪的孩子变得歇斯底里：五岁的孩子早上失踪了，并且没有在吃晚饭的时间出现。病人出现了对于一颗一向虚弱的心脏而言十分危险的症状。这歇斯底里极其愚蠢，因为那个男孩以前经常跑掉。但意大利农民非常迷信，而且这个女人似乎被事先的兆头和事情所困扰。大约晚上七点钟，她死了，而她疯狂的丈夫在企图杀害韦斯特的时候制造了相当可怕的场面，他激烈地指责韦斯特不拯救她的生命。当他拿出一把短剑时，朋友们抱住了他，韦斯特在他非人的尖叫、咒骂和复仇誓言中离开了。在这样的痛苦之中，这个家伙似乎忘记了他的孩子，孩子仍然不见踪迹。有人提出搜查树林，但是这个家庭的朋友都忙着处理死去的女人和尖叫的男人。总之，韦斯特的精神压力一定是巨大的。警察和那个疯狂的意大利人都给了他极大的压力。

我们十一点的时候上床休息，但我没有睡好。对于博尔顿这么小的一个小镇而言，他们有着出人意料的优秀警力，我不禁担心，如果前一天晚上的事情被追查到，将会产生严重的混乱。这可能意味着我们所有工作的结束——可能还有牢狱之灾。我不喜欢那些正在流传的斗殴传言。时钟指向三点后，月光照到了我的眼睛里，但我没有拉下窗帘，只是翻了个身。此时，后门发出咯吱声。

我静静地躺着，有点茫然，不久后就听到韦斯特敲我的门。他穿着睡衣和拖鞋，手里拿着一把左轮手枪和一只通电的手电筒。从那把左轮手枪，我知道他考虑得更多的是那个疯狂的意大利人，而不是警察。

"我们最好两个人去，"他低声说，"不管怎样，它不会敲门，那可能是一个病人——可能是那些总想从后门进来的傻瓜之一。"

我们蹑手蹑脚地走下楼梯，我们有充分的理由为我们的所作所为感到恐惧。嘎嘎声继续着，而且越来越大。当我们到达门口时，我小心翼翼地解开锁，猛地打开了门。当月亮映衬出轮廓时，韦斯特做了一件奇怪的事情。尽管这行为明显会引人注意，还会将令人生畏的警方调查引到我们身上，但我的朋友突然将他的左轮手枪对着夜间来访者清空了六个弹膛。还好我们的小屋相对孤立，枪声并没有引来其他人。

那位访客既不是意大利人，也不是警察。在弧形月亮之下隐约可见的是一个巨大的畸形东西，即使在噩梦中我们也不会想象出这样的景象——它有着玻璃状的眼球，墨黑色幻影般的形体几乎四肢着地，身上覆盖着一片片霉菌，树叶和藤蔓，还有结块的血迹。在它闪闪发光的牙齿之间衔着一根雪白的、可怕的圆柱形物体——一只小手。

Ⅳ 死者的尖叫

一个死人发出的尖叫给了我很强烈的刺激，并增加了赫伯特·韦斯特医生的恐惧心理，影响了我们后来几年的相处。当然，死人尖叫这样的事情本就令人毛骨悚然，因为这显然不是一件令人愉快的或平凡的事情。但我已经历过多次，都有点习以为常了。正如我所暗示的那样，我害怕的并不是死者本身。

一直以来，我是赫伯特·韦斯特的合作者和助手，他对科学的兴趣远远超过了普通医生的兴趣范围。这也是为什么在博尔顿做实习生时，要选择离公共墓地不远的房子。简单而残酷地说，韦斯特唯一感兴趣的就是生命活动的表现和停止，以此通过注射一种药剂使死者复活。为了进行这些可怖的实验，他需要不断收集新鲜的人类尸体。之所以要新鲜的人类尸体是因为轻微的器官衰竭也会对大脑造成不可挽回的破坏，而且对于不同的有机体需要配制不同的药剂。我们处理过几十只兔子和豚鼠，但是完全没有结果。韦斯特从来没有真正地成功过，因为他没有获得过足够新鲜的尸体。那种刚刚失去生命的尸体的细胞是完整的，没有腐败，只要接受注射就能重新恢复生命活动。如果反复注射药剂，那复活就能一直继续下去。但是这种药剂对活着的生物是没有作用的，为了保证复活能顺利进行，这些样本必须新鲜，但同时是死的。

当韦斯特和我还是阿卡姆米斯卡塔尼克大学医学院的学生时，奇妙的探索就已经开始，我们第一次生动地意识到了生命的机械性质。那是七年前的事了，但是现在的韦斯特看起来就像只过了一天那样年轻——他个子矮小，金发碧眼，胡子刮得干干净净，声音柔和，戴着眼镜。只有冰冷的蓝色眼睛中一瞬间闪过的光，透露出在可怕的研究压力下他变得更加刚硬和日益增长的狂热。我们的经历经常是极端可怕的：由于有缺陷的复活，从墓地泥土中得到的肢体由于药剂的影响被刺激出病态、不自然而无脑的动作。

一个生物发出了令人胆战的尖叫声；另一个生物猛烈地跃起，把我们两人打到失去意识，在被关进精神病医院之前以一种令人震惊的方式逃走；还有一个可怕的非洲怪物，从它的浅坟里爬出来——使得韦斯特不得不射击那个生物。我们无法找到新鲜到在复活后能够理性表达的尸体，就必然会制造出这样的无名恐怖。想到怪物中有一个，也许是两个还活着，就令人不安——这个想法如同影子般困扰了我们多年，直到最终韦斯特在这可怕的情形下失踪。但在远离市镇的博尔顿小屋地窖实验室发出尖叫声时，我们的恐惧缘于我们对最新鲜样本的焦虑。韦斯特比我更为渴望，因此在我看来，他几乎对任何非常健康的活体都抱着虎视眈眈的态度。

1910 年 7 月，寻找样本的运气又变坏了。我回伊利诺伊州和我的父母待了一段很长的时间，回来时我发现韦斯特处于一种奇特的狂热状态中。他兴奋地告诉我，他已经从一个全新的角度完全地解决了新鲜度的问题——以人工保存的方式。我知道他正在研究一种不同寻常的防腐材料，所以对这个结果并不感到吃惊。但直到他向我解释我也没明白这种材料能够如何帮助我们的工作，那些样品令人生厌的腐败很大程度都发生在我们获得它们之前。我逐渐意识到，韦斯特早已清楚地认识到了这一点，他研究防腐剂是为了将来，他相信命运会再为我们带来一具刚刚死去的尸体，就像几年前带给我们在拳击赛中被杀死的黑人尸体一样。命运是仁慈的，此时秘密地窖实验室中正躺着一具无论如何也不会再腐败的尸体。复活时会发生什么，它是否会如我们期望的那样重新获得意识与理性，韦斯特不得而知。但这项实验会成为我们研究的里程碑，他把这具尸体留到我回来，这样我们两人都能够以熟悉的方式共享这样的奇迹。

韦斯特告诉我他是如何获得样本的。这是一个穿着得体、精力健硕的外地人，他到博尔顿的精纺厂谈生意。穿过镇子的路很长，当这旅行者在我们的小屋前停下来问去工厂的路时，他的心脏已经严重超负荷。他拒绝了韦斯特提供的心脏药，一会儿就停止了呼吸。这具身体——正如所料——在韦斯特看来是上天赐予的礼物。在韦斯特与陌生人简短的谈话中，陌生人清楚地表明在博尔顿没人认识他，在搜查了他的口袋后，韦斯特又发现他是圣路易斯的罗伯特·里维特，显然不会有家人立即觉察他的失踪。如果这个人不能重新活过来，没有人会知道我们的实验，我们会把他埋在房子和公共墓地之间的茂密树林里。另一方面，如果他能恢复，我们将建立辉煌而永恒的名声。因此韦斯特毫不犹豫地向尸体的腕部注射防腐剂以保持它的新鲜。我有点担心那颗虚弱的心脏，害怕它会影响实验结果，但韦斯特并不在意这件事。他希望能最终获得他想要的结果——恢复死者的心智，让其成为一个正常的、有理性的活人。

　　因此在1910年7月18日的晚上，赫伯特·韦斯特和我站在地窖的实验室里凝视着耀眼的弧光灯下那具白色的、安静的身体。防腐剂十分有效，我入迷地盯着这具放置了两周却还没有僵硬的结实躯体时，我甚至向韦斯特求证这家伙是否真的死了。他向我保证，提醒了我复活药剂对于活物是完全没有作用的，他仔细检查过这具身体，确认已经毫无生命迹象。当韦斯特开始准备工作的时候，我被新实验的复杂程度所震撼，这步骤复杂到他不相信任何一双不如自己的手。他禁止我去碰这具身体，先向尸体手腕注射防腐剂的地方旁边注射了一种药剂。他说，这是为了中和防腐剂，并使尸体回到正常的放松状态，使复活药剂在注射时可以正常起效。晚些时候，死去的躯体开始轻微地颤抖时，韦斯特将一个枕头状的物体猛地按在尸体扭曲的脸上，直到尸体恢复平静才收回它，准备进行我们的复活实验。这个面色苍白的狂热者用了一些最后的简单检查来证明它绝对没有任何生命迹象。他满意地停下，最后往左臂注入精确剂量的复活药剂——这次的药剂是当天下午准备的，比我们刚开始研究的时候要精确得多。这是我们真正意义上的新鲜尸体，我无法描述我在等待时的心情——疯狂得令人窒息。这是第一次我们有理由去期待这具尸体能复活过来，张开嘴告诉我们它在那无可逾越的另一边究竟看到了什么。

韦斯特是一个唯物主义者，不相信灵魂一说，他把意识归因于身体活动的现象，因此他并不寻求越过死亡壁垒后的峡谷和洞穴中秘密的启示。从理论上来说，我并非完全不同意他的观点，但我对我祖先的原始信仰有着本能的、模糊的、残存的尊重，所以我不禁用带着敬畏和恐惧的期待目光注视着尸体。另外，我无法从记忆中清除我们在阿卡姆荒废农舍的第一次实验中听到的可怕的、非人的尖叫声。

过了一会儿，我便觉得这次实验至少获得了部分的成功。一缕血色出现在如白粉笔般惨白的脸颊上，然后在胡茬下以奇怪的方式扩散开。韦斯特探着样本左手腕的脉搏，突然用力地点了点头，几乎同时悬在尸体上方的镜子上出现了雾气；紧随其后的是一些痉挛性的肌肉运动，然后是听得见的呼吸和可见的胸部起伏。我盯着那双紧闭的眼睛，好像观察到了一次颤抖。然后，眼睑张开了，它睁大了眼睛，灰色、平静、有生气，但仍然没有灵魂的感觉，甚至不好奇。

我突然有了奇怪的想法，我向发红的耳朵低声问了些问题，希望它关于彼世的那些记忆也许还没消失。虽然后来的恐怖使我彻底打消了那些想法，但我问最后一个我还记得并重复的问题："你去哪儿了？"我不知道他是否回答了我，因为形状完好的嘴里没有发出任何声音，但我知道，当时我坚定地认为，他薄薄的嘴唇无声地移动着，如果这个短语具有任何意义或关联性的话，就形成了我所说的"只有现在"的音节。就在那一刻，正如我所说的，我因为一个伟大目标已经实现感到欣喜，这是第一次复活的尸体发出了由实际原因推动的清晰的话语。毫无疑问，这药剂已经真正完成了，至少暂时完成了——它恢复了理性和明智的生命。在这次胜利中，我看到了最可怕的事情——不是因为那家伙会说话，而是我目睹了那与我的职业命运相连的人的恐惧。

那具十分新鲜的尸体瞪大了眼睛回忆起它在人间最后的一点记忆，终于有了恐怖的意识，它疯狂地挥着手陷入与空气的殊死搏斗中。突然，它坠入无法挽回的第二次，也是最后一次解脱，它尖声叫出了将永远在我发痛的大脑中回响的喊叫：

"救命！走开！你们这些该死的小脑袋恶魔——把那该死的针从我面前拿走！"

V 阴影中的恐怖

很多人都将可怕的事情——没有记录的那些——与第一次世界大战的战场上所发生的事联系到一起。这些事情有些让我晕眩，有些让我惊恐万分，还有一些让我颤抖，它们在黑暗中从背后看我。尽管我相信我已经见识过其中最可怕的，但我仍然觉得自己能说出比那一切更恐怖的——隐藏在公众认识之外的、非自然的、难以置信的恐惧故事。

1915 年，我在佛兰德斯的加拿大军团中担任医生，并被授衔中尉。像许多先于政府的行动而参与这场巨大斗争中的美国人一样。我没有主动进入军队，而是作为著名的波士顿外科专家赫伯特·韦斯特不可或缺的助手。韦斯特一直渴望有机会在一场伟大的战争中担任外科医生，当机会来临时，他为了带上我几乎违抗了我的意志。我有理由为战争把我们分开而感到高兴，因为我发现与韦斯特作伴和行医越来越令人恼火。但是当他去了渥太华并通过一个同事的影响获得行医执照时，他认为我应该去继续辅助他，而我无法反驳他傲慢的劝说。

当我说韦斯特医生渴望上战场时，我并不是在暗示他是天生的好战者，或是担心人民的安全。他总是一个冰冷的智力机器人：瘦、金发蓝眼、戴着眼镜。我认为他曾暗中嘲笑我偶尔的军事狂热和对消极中立的指责。然而，他在陷入困境的佛兰德斯想要些什么东西，为了实现这个目的，他不得不穿上军装。他想要的不是许多人想要的东西，而是他暗中研究的与医科特定分支相联系的东西——他在其中取得了惊人的、有时可怕的结果。事实上，他需要的是大量刚刚被杀死的人类身体，被肢解的身体——在每一个战争阶段都会产生的。

韦斯特需要新鲜的尸体，因为他投入一生的工作是对死者的复活。那些他来波士顿后迅速给他建立起名声的时髦客户对这并不知情，只有我，他在阿卡姆米斯卡塔尼克大学医学院的老朋友和唯一的助手知道。正是在大学时代，他开始了他可怕的实验，首先是对小动物，然后在以令人惊讶的方式获得的人体上。他有一种注射到死尸静脉的药剂，如果它们是足够新鲜的，就会以一种奇特的方式发生反应。他在寻找合适的配方时遇到了很多困难，因为每种生物都需要一种特别适合它的刺激物。当他反思自己的部分失败时，恐惧使他不知所措：那些由不完美的药剂或身体不够新鲜而导致的无名事物。一些失败品仍然还活着，一个在精神病院，而另一个则消失了。当他想到那些可以想象但实际上是不可能发生的事情时，一贯冷漠的他也颤抖起来。

韦斯特很快就知道绝对新鲜是有用样本的首要条件，因此在获取尸体时采取了可怕的和非自然的权宜之计。在大学时，在博尔顿开始实习的时候，我对他的态度基本上是一种被吸引的钦佩，但是随着他在方法上发展得越发大胆，我开始产生一种恐惧。我不喜欢他看着健康的活体的样子，特别是当我得知某个样本是一个他诊治过的活人时——在地窖实验室的一次实验。这是他第一次能够复活尸体的理性思维，而他以如此可恶的代价获得的成功，使他完全变得冷酷了。

五年来，我不敢对他的方法说什么。恐惧的力量使我被他紧紧地抓住，我目击了很多没有人能用言语描述的景象。渐渐地，我发现赫伯特·韦斯特自己比他所做的任何事情更可怕——当时我突然意识到，他对延长生命的正常的科学热忱已悄然退化为一种病态的、贪婪的好奇心和对阴森场景的秘密感知力。他的兴趣变成了对扭曲凶恶的异常事物的恶劣堕落的沉迷，他沉溺于能使大多数健康的人害怕和厌恶的人造怪物。他超越了他原来的病态知性，成为一个医学实验界挑剔的波德莱尔①——一个懒洋洋统治着墓穴的埃拉伽巴路斯②。

他遇到危险时毫不畏惧，他对自己的罪行无动于衷。我认为他证明了他的观点，即有理性的生命可以被恢复，然后又尝试着征服被分离肢体再生的新世界。他对从自

---

①波德莱尔：夏尔·皮埃尔·波德莱尔，法国十九世纪最著名的现代派诗人，象征派诗歌先驱，代表作有《恶之花》。
②埃拉伽巴路斯：罗马帝国塞维鲁王朝的皇帝，218—222 年在位。

然生理系统中分离出来的组织细胞和神经组织的独立生命本质有着独到而疯狂的见解，并从一种不知名的爬行动物未孵化的蛋上取得了令人惊叹的初步结果——人工培育不会死亡的组织器官。他非常急切地想解决两个生物学问题，在没有大脑的情况下，脊髓和其他神经中枢是否有可能产生意识和理性的行为；其次，除实体的细胞之外，活体上被分离的各个部分是否存在无法确定的其他联系。所有这些研究工作都需要大量近期被杀死的人类尸体，这就是赫伯特·韦斯特参与大战的原因。

1915 年 3 月的一个半夜，在圣埃洛伊战线后的一家战地医院发生了这件不可思议的事。我现在仍不确定它是否只是一个谵妄而魔幻的梦。韦斯特在一个谷仓式临时建筑的东边房间里有一间私人实验室，按照他的请求被布置来寻找新的激进方法治疗迄今为止无望的伤残病例。在那里，他像一个屠夫一样在他血淋淋的器具中工作——我永远无法适应他处理和分类某些事物的轻率。有时他确实为士兵们进行了奇迹般的手术，但他最喜欢的是不那么公开和慈善的类型。他需要对那些即使在被诅咒的巴别塔也显得很奇怪的声音做许多解释，在这些声音中，有频繁的左轮手枪声——当然这在战场上并不罕见，但在医院里却很少见。韦斯特医生的复活样本并不是为了长期生存或面向大量观众的。除人类的组织外，韦斯特使用了许多他所培养的爬行动物的胚胎组织，其结果非常奇特。它们比人类的材料更能维持无生命碎片的活性。这就是我朋友的主要活动，在一个阴暗的实验室角落里，在一个奇怪的孵育炉上，他保存着一个满是这种爬行动物细胞物质的带盖大桶，它们大量繁殖，可怕地生长。

在我谈到的那天晚上，我们有了一个极好的新样本——一个身体强壮、思维敏捷的人，因此一套敏感的神经系统得到了保证。这是相当讽刺的，因为他是帮助韦斯特获得职务的官员，现在是我们的同事。此外，他在韦斯特的帮助下曾在一定程度上秘密地研究了复活理论。埃里克·莫里兰·克拉普翰－李爵士是我们师里最伟大的外科医生，当战斗激烈的消息传到总部时，他被匆忙地分配到圣埃洛地区。他坐在由勇敢的中尉罗纳德·希尔驾驶的飞机上，在到达目的地的上空时被击落了。

那次坠落非常可怕，希尔在事故后已经面目全非了，但这艘残骸对这个伟大的外科医生屈服了，除几乎被斩首之外，他的身体几乎完好无损。韦斯特贪婪地抓住了曾经是他的朋友和学者同伴的死气沉沉的东西，当他把他的朋友的脑袋砍下来，把它放进他那可怕的爬行动物组织中，为了将来的实验保存它，然后在操作台上处理被砍头的尸体时，我颤抖起来。他注射进了新的血液，在没有脑袋的颈部连接了一些静脉、动脉和神经，并从一个穿着军官制服，未经辨认的样本身上移植了一块皮肤来封住这个可怕的洞。我知道他想要看到什么——这个高度组织化的身体是否能够在没有脑袋的情况下展示出明显是埃里克·莫里兰·克拉普翰－李爵士精神活动的迹象。作为学习复活的学生，这具沉默的身体现在被可怕地用来证实他所学的。

我仍然可以看到赫伯特·韦斯特在险恶的电灯光下向无头身体的手臂注射他的复活药剂。我无法描述那个场景——如果我试着这么做，就会晕厥了。因为这几乎是疯狂的——待在一间装满机密的阴森东西的房间里，血和少许的人类断肢几乎在滑溜溜的地板上没到脚踝，还有远处黑影中角落里，可怕的爬行动物的畸形肢体涌现、冒泡、笼罩在闪烁着的蓝绿色鬼魅幽光下。

这个样本，正如韦斯特反复观察到的，有着极好的神经系统。正如预料的那样，当几次抽搐的动作开始出现时，我可以看到韦斯特脸上出现的狂热。我认为，他已经准备好去证明他的观点，即意识、理性和人格可以独立于大脑存在，人类没有中央连接的核心，而仅仅是神经物质组成的机器，每个部分本身或多或少都是完整的。如果胜利了，韦斯特即将把生命的奥秘踢出神秘范畴。这具身体现在剧烈地抽搐着，在我们热切的目光下开始以可怕的方式起伏。手臂令人不安地摆动，腿部抬起，各种肌肉收缩着，进行一种令人厌恶的扭动。然后，无头的人伸出手臂——毫无疑问是一种绝望的姿态，这种理智的绝望显然足以证明赫伯特·韦斯特的每一个理论。当然，这是神经在回忆着这个人生命中的最后一幕：挣扎着摆脱坠落的飞机。

我永远不会知道接下来到底发生什么了。这一切可能是因为我们所在的建筑被德国覆盖式火力摧毁的震惊导致的幻觉——没人能否认这一点，因为我和韦斯特是唯一被证实的幸存者。韦斯特在最近失踪之前也曾经这样认为，但有时他又觉得不是幻觉——因为我们都有同样的幻觉。这件可怕的事本身非常简单，只是因为它暗示了什么而使人难忘。

桌子上的尸体随着一阵盲目又可怕的摸索而坐起来，我们听到了一个声音。我不应该说那声音是一个人的嗓音，因为它太可怕了。然而它的音色并不是最可怕的，它所传达的信息也不是——它只是尖叫道："跳吧，罗纳德，看在上帝的分上，跳吧！"

可怕的是它的来源。因为它来自在黑影盘踞的恐怖角落，那个巨大的有盖的桶。

VI 墓穴军团

一年前赫伯特·韦斯特失踪的时候，波士顿警方仔细询问了我。他们怀疑我在隐瞒什么，或者还怀疑其他事，但我不能告诉他们真相，因为他们不会相信的。事实上，他们知道，韦斯特的所作所为已经令人难以置信，因为他诡异的死尸复活实验方向已经太广泛，以至于无法完美地保密了。但最终灵魂破碎的悲剧却包含了魔幻而幻想的元素，甚至让我怀疑我看到的现实。

我是韦斯特最亲密的朋友，也是唯一的秘密助手。几年前我们在医学院相遇，从一开始我就与他一起进行他那可怕的研究。他慢慢地尝试着完善一种药剂，注入刚死不久的人的静脉，恢复生命，这是一项需要大量新鲜尸体的工作，因此牵涉到最异常的行为。更令人震惊的是一些实验的产物——韦斯特将大量的早已死去的肉体唤醒成为盲目无脑的恶心活物。这些都是正常的结果，为了唤醒心智，必须有绝对新鲜的样本，以免腐烂会影响脆弱的脑细胞。

这种对新鲜尸体的需求是对韦斯特道德的毁灭。它们很难弄到，在糟糕的一天他还诊治了他的样本——当他还活着，并精力充足的时候。一场搏斗、一根针和一点儿强大的生物碱就把他变成了一具非常新鲜的尸体，实验短暂地成功了，但韦斯特的灵魂却变得冷酷无情而焦躁，一双冷硬的眼睛时常用一种可怕的、计算性的眼神瞟着那些有着敏锐大脑和尤其健壮的体魄的人，因此到最后，我非常害怕韦斯特，因为他开始那样看待我。人们似乎没有注意到他的目光，但他们注意到了我的恐惧，在他消失后，他们以此作为一些荒谬的猜疑的基础。

事实上，韦斯特比我更害怕，因为他可憎的追求给他带来了一种鬼鬼祟祟的生活，他畏惧每一个影子。一部分是因为他害怕警察，但有时他的紧张情绪更深刻，更模糊，触及那些他注入病态生命的不可描述生物——从它们中他没有看到生命的离去。他通常用左轮手枪结束实验，但有几次他不够快。第一个样本的墓穴上被发现曾经有爪印。还有阿卡姆的教授的遗体，在它被抓住关进塞夫顿的精神病院，撞了十六年墙之前，做出了食人的事。其他可能幸存下来的实验结果大多是不那么容易说出来的，因为在后来的几年里，韦斯特的科学热情退化成了一种不健康和奇异的狂热，他把自己的主要技能不用在完整的人体上，而是孤立的人体部分，或一些与非人类的有机体连接起来的残缺肢体。在他失踪的时候，这狂热已经变得非常讨厌了，许多实验甚至不能被写下来。这场伟大的战争，使我们两人都作为外科医生服役，更是放大了韦斯特的这一面。

在提到韦斯特对他的样本的朦胧恐惧时，我特别想到这种恐惧的复杂性。它一部分来自知道这些无名怪物的存在，而另一部分则是因为害怕在某些情况下它们可能会伤害到他。它们的失踪给他的处境增添了恐惧，他只知道怪物中一个的下落——一所可怜的精神病院。然后还有另一种更微妙的恐惧——由于1915年在加拿大军队进行的怪异实验导致的奇幻感官。在一场激烈的战斗中，韦斯特复活了埃里克·莫里兰·克拉普翰－李爵士，他是一位了解并能够复制韦斯特实验的医生同事。当时他的头部已被移除，因此有研究躯干中的准智能生命的可能性。就在实验室所在的地方被一颗德国炸弹炸毁的时候，实验成功了。肢体移动得很灵巧，令人难以置信的是，我们两人都感到恶心地确信，那清晰的声音是从实验室的阴暗角落里被分离的脑袋发出的。炸弹在某种程度上是仁慈的，但韦斯特并不像他期望的那样确信我们两个是唯一的幸存者。他曾经提出了令人不寒而栗的猜想，一个有着使死人复活的力量的无头医生。

韦斯特的最后一段时间是在一栋非常高雅的古老房子中度过的，它俯瞰着波士顿最古老的墓地之一。他选择了这个地方纯粹是因为它的象征意义和不可思议的美学，因为大部分坟墓都是殖民时期的，因此对于寻求新鲜尸体的科学家来说几乎没有什么用处。实验室在一个由外来工人秘密建造的地下室里，里面有一个巨大的焚化炉，用来安静彻底地处置那些尸体，或者肢体碎片和合成的尸体，它们可能来自病态的实验和不受欢迎的娱乐活动。在挖掘地窖的过程中，工人们挖掘到了一些非常古老的砖石建筑，它们毫无疑问地与旧的埋葬地相连，但因为埋得太深，无法与任何已知的坟墓相对应。经过多次计算，韦斯特认为它代表了阿维尔斯家族墓穴下面的一些密室，最后一次埋葬是1768年。我和他在一起时，他研究着因为人们的铲子和鹤嘴锄而裸露出来的、烟尘弥漫的墙壁，并且准备迎接可怕的惊险刺激，去揭开百年来的秘密。但是，韦斯特新的胆怯第一次征服了他天生的好奇心，背离了他堕落的性格，他要求人们不去接触这座建筑并且将它用灰泥盖住。因此，它作为秘密实验室墙面的一部分被保留到最后那个地狱般可怕的夜晚。我谈到韦斯特的颓废，必须补充说一句，这纯粹是精神上和无形上的东西。从外表上看，他到最后也没有任何变化——冷静、冷酷、瘦小、金发蓝眼、戴着眼镜，岁月与恐惧似乎永远不会改变的如年轻人般的面貌。即使在他想到那个带着爪痕的坟墓，或是悄悄回头张望时或者即使是想到塞夫顿铁栏杆后又咬又抓的食人生物的时候，他看上去仍然是冷静的。

在赫伯特·韦斯特最后出现的那个晚上，我和他都待在书房里，他在报纸上和我之间好奇地瞥了一眼。一个奇怪的标题从皱巴巴的纸张上击中了他，一只穿过了十六年的时间落下的无名巨爪。难以置信的可怕事情发生在五十英里以外的塞夫顿精神病院，震惊了邻里和警察。在凌晨时分，一群沉默的人进入了庭院，他们的首领唤醒了看护们。他具有威严的军人形象，说话时不动嘴唇，他的声音似乎是从他携带的一只黑色大盒子里发出的。他那张毫无表情的脸英俊到了容光焕发的地步，但当大厅的灯照射下来时，他震惊了精神病院的主管，因为那是一张嵌着彩色玻璃假眼的蜡脸，不知名的事故曾经发生在他的身上。一个个子更大的人引导着他的脚步——一个令人厌恶的巨人，蓝色的脸似乎被一种未知的疾病吞噬了一半。闯入者要求获得十六年前在阿卡姆犯下食人案的怪物的监护权。被拒绝后，首领发出了一个信号，于是开始了令人震惊的暴乱。恶魔们殴打、践踏、咬伤没能逃跑的看护；在杀死四人后，他们成功地解救了怪物。那些能够回忆起这个事件而没有陷入歇斯底里的受害者发誓说，这些生物的行为不像是人类的行为，更像那个蜡脸男人引导的自动机器干的。等到援助被找来时，这些人和他们索要的疯子都消失了。

从读到这篇文章到午夜的时间，韦斯特几乎瘫痪了，一直坐在椅子上。午夜，门铃响了，吓得他惊恐万分。仆人们都睡在阁楼里，所以我去开门。正如我告诉警察的那样，街上没有车辆，只有一群奇怪的人拿着一个大方盒，放在走廊里，他们中的一个人用一种非常不自然的声音哼了一声："邮件，已付款。"当我看着他们走的时候，我产生了一种奇怪的想法，他们仿佛正朝着房子后面毗邻的古代墓地走去。韦斯特走下楼来看这盒子时我关上了门。它大约有两英尺见方，写着韦斯特的正确姓名和住址。它还带有题词："来自埃里克·莫里兰·克拉普翰－李，佛兰德斯圣埃洛"。六年前，在佛兰德斯，一所被炮轰的医院坍塌到了克拉普翰医生被复活的无头躯干上，也坍塌在可能发出了清晰声音的被分离的头部。

韦斯特现在甚至不兴奋了，他的脸色变得更可怕了。他很快说道："就此结束了……但是我们得把它烧掉。"

我们把这个东西拿到实验室去。我不记得很多的细节了——你可以想象我的精神状态——但说我放进焚化炉的是赫伯特·韦斯特的尸体，那就是彻头彻尾的恶毒谎言。我们把没有打开的木盒一整个放进去，关上门，开始给焚化炉通电。毕竟，盒子里也没有发出任何声音。

是韦斯特第一个注意到在那座古墓石墙被遮盖的那部分墙上掉下来的灰泥。我本来要跑，但他拦住了我。然后我看到一个黑色的小洞，在洞口感觉到一阵可怕的冰冷的风，闻到了腐烂泥土的气味。什么声音都没有，但就在那时，电灯熄灭了，我看到了阴暗的磷光轮廓，一群寂静行走的东西，只有疯狂——或者更糟的东西才能创造出来它们。它们的轮廓是类人的、半人的或者略微像人，甚至完全不像人类的——这一群东西奇异得多种多样。它们一个接一个地从几百年来的石墙上悄悄地取出石头。然后，当裂口变得足够大时，它们就跟随着一个戴着蜡质漂亮脑袋的"人"，一个接一个地走进实验室。领袖身后一个疯疯癫癫的怪物抓住了赫伯特·韦斯特。韦斯特没有反抗或发出声音。然后，他们都向他猛扑过去，在我的面前把他撕成了碎片，并带着那些碎片走回那可怕可憎的墓穴中。韦斯特的头被戴着蜡制脑袋的头领带走，那个头领还穿着加拿大军官制服。当它消失的时候，我看到眼镜后面的蓝眼睛里熊熊燃烧着可见的疯狂。

仆人早上时发现了昏迷不醒的我；韦斯特失踪了。焚化炉里只有无法辨认的灰烬。警探们质问了我，但我能说什么呢？他们不会将塞夫顿的悲剧和韦斯特联系在一起，更别提带着盒子的男人，他们否认它的存在。我告诉他们地窖的事，他们指着那面破墙笑了。所以我不再告诉他们了。他们暗示我是疯子或凶手——也许我是疯了。但如果那些被诅咒的墓穴军团不是那么安静的话，我就不会疯了。

Out of the Aeons

超越万古

与海泽尔·希尔德合著

（手稿原件来自马萨诸塞州波士顿市卡博特考古学博物馆已故馆长理查德·H.约翰逊博士的遗物）

I

波士顿的居民——以及这世上对怪奇事物颇感兴趣的读者——恐怕都会对卡博特博物馆发生的怪事难以忘怀。报纸媒体将那具令人毛骨悚然的木乃伊、围绕着它的古老而骇人的谣言、1932年风行于世的对邪教的病态兴趣和疯狂崇拜，以及当年12月1日两名闯入者的惨烈下场煞有介事地编织到一起，推出一个全新的谜团。它像民间传说一样在民众间代代相传，延绵不绝，并催生出一系列的可怖推论。

所有人似乎也意识到，当局在向世人披露之时，刻意隐瞒了某些至关重要却不可言说的丑恶秘辛。最早引起大家注意的蛛丝马迹，便是当局将其中一名闯入者的尸检报告删除了；其次，博物馆旋即对那具木乃伊开展了修缮工作，着实匪夷所思。一般来说，这样的新闻应该是纸媒追逐的焦点才对。更令人震惊的是，那具木乃伊再也没有被安置回原有的展柜之中，甚至在举行专业的标本剥制展览时，馆方所称的"木乃伊严重腐坏，已不适再度展出"的借口听上去也是那么苍白无力。

身为博物馆馆长，我虽然能够披露出所有被隐瞒的真相，但我决定在有生之年缄口不言。在世间乃至宇宙之中，有些事情还是不要让大多数人知道为好。这是我们——博物馆员工、医生、记者与警方——在那段恐怖时期一致认同的观点，我绝不会背弃他们。不过，从科学和历史的角度出发，我也不准备让这些事情所包含的重要意义泯灭于世——因此，我准备将之悉数记录，留待于后世严谨治学的研究者发现。我会将这份文稿与我死后以备核查的文件放在一起，将它的命运交到我的遗嘱执行人的手上。在过去几周之中，我所遭遇的某些威胁和怪事让我不得不相信，我的生命——和博物馆其他工作人员一样——正处于某种危险之中。几个分布广泛的秘密教团已经对我们虎视眈眈。他们之中不仅有亚洲人与波希米亚人，还混杂了其他一些神秘的狂热信徒。所以，可能用不了多久，我的遗嘱执行人就要开始操持我的身后事了。①

---

①执行人补注：约翰逊博士于1933年4月22日突然颇为离奇地死于心力衰竭；同月中旬，博物馆的标本剥制师温特沃思·摩尔失踪；同年2月18日，在该事件中主导并指挥进行解剖工作的威廉·迈诺特医生在暗处遭到行刺，并于次日死亡。

我想，这场恐怖事件真正的开端，要追溯到1879年——那时我还未担任馆长一职。就在那年，博物馆从东方海运公司买了一具恐怖而令人费解的木乃伊。这具木乃伊的发现过程离奇而惊险；它来自一个来历不明、传说中的古墓，古墓位于太平洋海床的一块隆起之处。

1878年5月11日，在波江座货轮从新西兰的威灵顿航向智利的瓦尔帕莱索的途中，船长查尔斯·韦瑟比发现了一座没有在任何海图上标注过的岛屿，很明显是火山活动的孑遗。它像是一个截掉了锥顶的圆锥体，兀然矗立在海面之上。在韦瑟比船长的带领下，一支登陆小队爬上了这座小岛。他们注意到，在崎岖的山坡上残留着大量曾被海水淹没的痕迹；而岛屿的峰顶却有一些新近造成的破坏，貌似地震的杰作。一地碎石之间，有大量经过人工塑形的岩块。经过短暂的检查后，他们发现这里曾修建着某些极其雄伟的史前巨石建筑——在太平洋中的某些小岛上也发现过类似的建筑——对于考古学来说，它们是永恒的谜团。

最终，水手们走进了一个巨大的岩石地穴。从现场状况来看，他们推断这地穴曾是一处更大建筑物的一部分，之前一直深埋在地下。在地穴的一隅，他们发现了这具可怕的木乃伊。水手们注意到地穴四周墙面上的蚀刻异常可怖，熬过了最初短暂的恐慌之后，他们竟然鬼使神差地把木乃伊搬回了船上——虽然那玩意儿让他们感到恐惧和恶心。木乃伊身旁还有一个由未知金属熔锻而成的圆筒——好像这干尸生前把它揣在衣服里。圆筒里有一卷蓝白色的薄膜，质地也完全未知，表面上用无法辨识的灰色颜料书写着一些奇怪的符号。此外，在地穴那旷阔的巨石地板中央，一些迹象表明那儿曾有个活板门，但登陆队却没有足够有力的器械能推动它。

这个意外发现罕有媒体报道，却仍引起了卡博特博物馆的注意。当时博物馆刚刚落成，便立即开始了木乃伊和金属圆筒的搜集工作。彼时的馆长皮克曼以个人名义去了一趟瓦尔帕莱索，还亲自配置了纵帆船，试图在茫茫大海上搜索登陆队发现木乃伊的岩石地穴，最后无功而返。船长日志中标记的那个位置，除了无边无际的海岸外空无一物。搜索者们意识到，那股将小岛拱起暴露于世间的地震之力又将它拖进了埋葬过漫长过往的漆黑水底。那扇难以撬动的活板门背后究竟有什么，最终还是变成了不解之谜。而木乃伊和金属圆筒却被保留了下来，前者于1879年11月初陈列于博物馆的木乃伊展厅之中。

卡博特考古博物馆专精于远古未知文明残片的搜集

和研究工作，并不与专注于艺术展览的博物馆为伍。虽然只是一家鲜有人问津的小型机构，却在学术圈内享有盛名。它坐落于波士顿高档住宅区灯塔山地段中心的弗农山大道上，靠近乔伊街，曾是一座私人宅邸，改作博物馆后又在后方加盖了一间侧厅。在过去，它曾是周遭生活简朴的邻人引以为荣的资本，却因最近频发的怪事背上了不受欢迎的恶名。

木乃伊展厅坐落于原宅邸右侧二楼（宅邸由布尔芬奇设计，于1819年落成），历史学家与人类学者们一直认为这里有着全美最丰富的木乃伊收藏。在这里能找到各类典型的木乃伊样本，从历史最为悠久的赛迦拉标本，到公元八世纪科普特人为保存人体所做出最后尝试的产物，应有尽有。除此之外还有来自不同文明的木乃伊，像最近在阿申流群岛发现的史前印第安人标本，深埋在废墟灰烬下的悲惨空洞之中的庞贝人干尸，以及世界各地在进行开矿与其他挖掘工作时偶然寻获的天然形成的木乃伊——死亡来临前的最后挣扎让它们以一些非常怪诞的姿势被埋葬了起来，导致若干木乃伊看上去颇显诡异——简而言之，人们能想象到的所有种类的木乃伊，都能在博物馆里寻到相应的藏品。当然，远在1879年之时，馆内的藏品远不如现在丰富，但在当时也足够引人瞩目了。但在众多藏品之中，那具在水手们登上短暂露出海面的小岛后，从巍峨的古老地穴中找到的骇人遗物，却一直都是这间展厅里最引人注意的亮点与最令人费解的谜团。

那具木乃伊生前应为一名民族未知的中等身材男子，保持着一种奇诡的蜷缩姿势。他的脸被爪子一般蜷曲的手半遮掩着，突出的下颌伸向前方，干瘪的面孔上保持着一种令人恐惧不安的惊骇神情。他双目紧闭，眼睑紧紧地贴在鼓胀的眼球上。头上和脸上有稀稀落落的毛发和胡须，蜕作一种暗淡的灰色。这干尸的质地介于皮革和化石之间，让研究其防腐机制的专家们大为费解。它身上许多地方都被岁月与腐朽逐渐磨蚀了。某种奇怪织物的残片紧紧贴敷在干尸表面，隐隐透出一种不知名的图案。

那干尸令人望之却步，观之生厌，但细究起来，却又很难分辨出它最引人不快的原因。当人们凝视它时，会产生一种微妙且难以捉摸的感觉：就像站在深渊边缘俯视黑暗一般，既有无穷无尽的古远，又有彻头彻尾的异域之感——特别是它枯瘪褶皱、下颌突出、半遮半掩的脸，带着一种疯狂到近乎绝望的恐惧。当深陷在令人不安的神秘与徒劳无用的揣测中时，像这样永不停歇，甚至不可能出现在人类面孔上的神情会在不知不觉中将类似的情绪传递进参观者的内心。

鉴于博物馆遗世孤立、离群索居的经营方针，这具古尸并未引起如"卡迪夫巨人"一般的轰动效应，但在经常造访卡博特博物馆，并且具有一定鉴别能力的学者人群中，还是赢得了一些"不祥"的名气。虽然目前艺术界俚俗浮华的风气大行其道，但在上个世纪，学术界还是一块未经沾染的处女地。很自然地，各类学者百家争鸣，想为这可怖的事物归个门类，但最后全都无疾而终。一个围绕着某个太平洋地区的早期文明的理论在学者群中广泛流传，该理论称复活节岛上的雕像，还有波纳佩岛与南马都尔上的巨石建筑都可以被认为是这一文明留下的遗迹；另外，学术杂志则刊载出了各式各样却时常自相矛盾的猜想。它们认为这干尸归属于一块沉没的大陆，而大陆上的高山就是现在耸立在美拉尼西亚与波利尼西亚海域上的诸多群岛。早期文明也好，沉没大陆也罢，一时间学术界众说纷纭，情况变得迷离而滑稽起来。不过令人讶异的是，学者们仍能从某些大溪地及其他岛屿上的神话传说中发现一些相关的暗示。

与此同时，那个被妥善保管于博物馆藏书室的奇怪圆筒，以及内膛中那不知是何种象形文字写就的卷轴，也引发了应有的关注。它们与那木乃伊有着千丝万缕的联系，这一点毫无疑问。只要能揭开这两件东西包含的秘密，那么那尊令人战栗的恐怖尸骨所包含的谜团便会不攻自破。那圆筒长约四英寸，直径约为八分之七英寸，是由一种奇怪的、色彩斑斓的金属锻造而成；且这种金属对任何试剂均呈现出稳定的惰性，几乎不会产生任何化学反应。筒帽和筒身严丝合缝，且质地相同。筒身之上雕刻着各种图案，很显然是作为装饰之用，可能还带有某些象征意味。但常见的图案似乎都来自某种古怪陌生、难以描述，甚至带有几分悖论意味的几何系统。

而内部的卷轴也是疑点颇多。那是一卷不可解析的蓝白色薄膜，卷在一只与圆筒质地相同的金属钎上，完全展开后约有两英尺长。上面用一种无法分析的灰色颜料书写着，或者说涂抹着巨大的粗体象形文字，沿着一条窄线从卷轴的中心铺陈而下。这是一种语言学家和古文字学者们闻所未闻、无法破译的未知文字。博物馆将文字的拓本发送到相关领域的每一位专家手里，依旧无功而返。

少数几个在神秘主义和魔法研究文献上造诣颇深的学者发现，卷轴上的文字和两三种非常古老、晦涩的秘传文本——像据说是从希柏里尔传世而来的《伊波恩之书》、远比人类起源更为古老的《纳克特手抄本》或疯狂的阿拉伯人阿卜杜尔·阿尔哈萨德骇人禁忌的著作《死灵之书》——中描述或引用的一些远古记号隐约有着些许相似之处。虽然神秘学研究在学术界评价不高，馆方并没有费力将文字副本发给神秘学领域的专家传阅研读，但这些相似之处却是毋庸置疑的。不过，如果当时馆方能够慷慨地将副本发给诸位专家，后续的事件可能便会大不相同。实际上，冯·约茨所著《无名教派》一书的任一读者都会发现两者之间毫无疑问存在着诸多牵连。然而在那时候，这本可怖的、带有渎神意味的著作的读者其实屈指可数。而且，从杜塞尔多夫原版（1839年）以及布莱德威尔译本（1845年）相继被禁后，到1909年金妖精出版社删减本再次发行前，这部著作存世的书稿简直可以用稀缺来形容。其实，直到最近那些酿成后续耸人听闻大事件的新闻大量爆发出来之前，神秘学者或古远传说的研究者根本就没有注意到这张古怪的卷轴。

II

正因如此，这具骇人的木乃伊在博物馆中度过了风平浪静的半个世纪。诚然，这个阴森恐怖的物件在波士顿当地的受教养人群中混出了些许名声，但也不过如此。在经历了十余年徒劳无功的研究之后，那圆筒和卷轴也被人们遗忘了。荒僻低调的卡博特博物馆渐渐淡出了世人的视线，无论是记者还是专题作家都对它失去了兴趣，从未想过到这个平凡无奇的地方搜寻什么博人眼球的书写素材。

然而，在1931年的春天，一场轰动一时的购买行为把博物馆推回了新闻头版，导致媒体纷纷涌入博物馆进行密集报道，一时甚嚣尘上——在那一年，博物馆收购了位于法国亚威隆尼行省那座几近消弭、恶名昭著的弗奥斯弗兰姆城堡废墟下的石穴里发现的奇异物件，以及几具以匪夷所思的方式保存下来的遗体。秉持着"激流勇进"宗旨的《波士顿柱报》火速派遣一位周日专题作家前往报道，预备将博物馆大加描述一番，一起发稿。这位名为斯图尔特·雷诺兹的年轻小伙偶然发现，那具无名的木乃伊可能比自己的主要任务，也就是那场惊天动地的收购更有报道的价值。雷诺兹知道，查斯霍德上校以及路易斯·斯潘塞等作家曾就消失大陆以及失落远古文明的问题做出过许多假设，而他本人不仅对神智学略知一二，更是这些假设的忠实拥趸，就理所当然地对太古遗物——比如这具未知的木乃伊——格外上心。

不过对于博物馆来说，这位年轻的记者就格外惹人厌烦了。他不是在博物馆刨根问底般抛出数不胜数——且多数并不是很聪明——的问题，就是在不停要求移动装箱的藏品，以便从各种刁钻的角度取景。在地下室的藏书馆内，他又开始一遍遍地审视研究那奇怪的圆筒和薄膜卷轴，不停变换着角度摄影，试图一寸一寸地逐行刻录下卷轴上那未知的文本。同样地，他还希望查阅任何与远古文明及沉没相关主题的书籍——他坐在藏书室里花了三个小时记录各种笔记。即便最终决定离开，也是为了尽快赶往剑桥，好看一眼怀德纳图书馆里那本被人查禁、引人生厌的《死灵之书》（如果图书馆允许的话）。

　　最终，这篇文章登上了 4 月 5 日的《波士顿柱报》，版面上塞满了木乃伊、圆筒和卷轴的照片。《波士顿柱报》佯装为了顾及其广大而心智未全的读者，特意选用一种幼稚甚至痴傻的笔调进行记述。这报道差错连篇、夸大其词、哗众取宠，明显就是用来煽动无脑善变愚民的低速趣味的肤浅之作。结果，喋喋不休、无所事事的好事之徒蜂拥而至，将庄严肃穆的走廊围得水泄不通，目光呆滞茫然地盯着一件件展品，这场面倒是盛况空前。

　　不过游客之中也不乏严谨治学、明辨是非之辈。虽然这文章稚蠢简陋，但其中附上的照片却起到了不言而喻的效果——而且有许多素养成熟之人偶尔也是《波士顿柱报》的读者。我还记得，在当年11月份曾来过一位奇人——他面无表情，肤色黝黑，长巾缠头，蓄着一口浓密的胡须，臃肿的双手戴着白色的手套，声音非常不自然，好像说话都显得很吃力。这个男人自称"斯瓦米·钱德拉普特拉"，并且留下了位于肮脏的伦敦西区的一处地址。这个怪人拥有精深得令人难以置信的神秘学造诣，他自称对失落的古远世界拥有一种直觉般的知识，而且似乎对这张卷轴上那些神秘文字与失落远古世界里的符号之间的相似之处深有感触。

到了六月份，木乃伊与卷轴的名声早已不胫而走，远远传播到了波士顿之外的地方，而博物馆也接二连三地收到神秘学家与神秘事物研究者从世界各地发来的问询以及索取照片的请求。对我们博物馆的员工来说，这可不是什么好事，毕竟我们是一家严肃的科研机构，而不是什么狂热梦想家的收容所。但出于礼貌，我们还是回复了所有的问询。外界的一系列询问所带来的后果之一，便是来自新奥尔良的著名神秘主义学者埃蒂安劳伦特·德·马里尼在《神秘学评论》上发表的一篇学术之作。文中宣称那虹色圆筒上的怪异的几何图案和薄膜卷轴上的几处象形文字，简直就是冯·约茨所著的、邪恶压抑的《黑皮书》，即《无名教派》一书上某些神秘文字的翻版（而这些象形文字全都是从某些远古时期留下的巨石，或是疯狂学者和信徒效忠的隐秘团体的神秘仪式上转录下来的）。

德·马里尼还在文中回忆起冯·约茨在 1840 年的死亡——那时，冯·约茨那可怖的著作在杜塞尔多夫出版社刚刚发行一年——还对冯·约茨那令人毛骨悚然且可疑的消息来源发表了一些评论。但最重要的是，他强调冯·约茨注意到许多故事都能和他复原出的象形文字产生紧密的联系。这些故事中提到了一只圆筒和其中的卷轴，很明显与博物馆内的相应藏品存在关联，这一点无可否认。但这种联系又匪夷所思——其包含的时间跨度之久远，涉及的远古失落文明之反常、荒诞——得令人惊叹，但也让人感到难以置信。

这故事倒是迎合了大众的审美趣味，一时间洛阳纸贵。配上了插图的报道副本铺天盖地，讲述（或声称是在讲述）《黑皮书》中记载的传说：有对木乃伊恐怖之处的详细述说，有将圆筒图案和卷轴上象形文字与冯·约茨重现出的符号进行的比较，还有些最离奇、最疯癫、最耸人听闻的理论与猜想的狂野幻想。一时间，博物馆的参观人数暴增为三倍，相关的信件——大部分无意义且愚蠢——如雪片一般飞来。很显然，对想象力过剩的人群来说，这具木乃伊和它的起源甚至成了足以并肩1931—1932年大萧条的热门话题之一。而对我个人来说，这场神秘主义狂潮带来的最直接的影响，就是促使我读了金妖精出版的、由冯·约茨撰写的那部骇人著作——在经过仔细阅读之后，我感到头晕欲呕，为自己无缘目睹未删节版本里的完整丑恶而感到庆幸。

III

《黑皮书》中提到的那些远古传说牵涉了某些符号与图案，它们和神秘卷轴及圆筒上的东西显然互为眷族，存在着千丝万缕的联系。书中的远古传说的确会让人着迷，并伴有强烈的畏惧与惊骇。跨过一段漫长得令人难以置信的岁月鸿沟——早在我们所熟知的一切文明、一切民族、一切土地出现之前——那个朦胧不清、尚存在于传说中的黎明时代里，存在着一个早已覆灭的国家与一片早已消失的大陆……而那些传说将这片土地称为姆大陆。用原始纳卡尔语书写的古老石板，提到了它在二十万年前的欣欣向荣的鼎盛时光，那时的欧洲还只生活着一些混血生物，而失落的终北之地也才刚刚知道那些用于敬拜黑色不定形的撒托古亚的莫名仪式。

传说中称，在那古远的大陆之上，有一个名为卡纳（K'naa）的国度，或是行省。最初的人类曾在那里发现过更原始住民在此居住形成的巨大而又畸形的废墟，这似乎意味着，有很多不为人知的存在曾从星繁之处降临于此，并在这世人以往的世界度过了初生的漫长时光。卡纳是一块圣地，在它的正中竖立着触摸苍穹的雅迪斯－高峰（Yaddith-Gho），顶端是一座巨大的玄武岩城堡，它的历史能无限追溯到人类发迹之前的远古。在地球生命萌芽之前，黑暗的犹格斯星的孑遗曾在地球殖民，从而建造了这座雄伟的古堡。

犹格斯的孑遗在千万年前就已经消亡，但它留下了一个巨大可怖的不死生灵——那就是它们的恐怖神灵、守护恶魔加塔诺托亚（Ghatanothoa），它将永远隐匿在雅迪斯－高峰古堡下的地穴中，匍匐逡巡。从未有人或生物爬上过雅迪斯－高峰，它们只能遥望着峰顶上那反常的几何外廓。但大多数人仍相信，加塔诺托亚仍在地穴之中，在巨石墙下的深渊之中翻滚蠕动。总有人相信，必须向加塔诺托亚献出牲祭，否则它就会从隐匿的深渊中爬出，在人类世界中徘徊，就像它曾在犹格斯星子民的世界中一样放肆。

人们宣称，如果不能向加塔诺托亚奉上人牲，加塔诺托亚便会朝向日光所在，沿着雅迪斯－高峰的陡峭斜坡欺身而下，为沿途的一切带来毁灭。一旦有生灵看到加塔诺托亚，哪怕只是它尺寸微小的画像，都会遭受比死亡更为恐怖的变化。就犹格斯子民中世代流传的传说中所称，任何目睹了这位神明，哪怕只是目睹了它画像的人，都会在极度的惊骇中麻痹石化，皮肤表皮也会变成半为皮革、半为化石的质地。但可怖的是，他的大脑却会永恒地存活下去——会被囚禁在被害者的石化的头颅之中，经历漫长的岁月，沉浸在无法动弹的无助之中，意识清醒地旁观无数的纪元更迭，直到机遇或时间摧毁其躯壳，并将大脑暴露出来，才能迎接死亡。当然，大多数大脑在获得解脱般的毁灭之前就已经陷入疯狂。据说，从未有人亲眼看到过加塔诺托亚的身躯，犹格斯星的子民亦是如此。

因此，卡纳当地的一个崇拜加塔诺托亚的教派，会在每年献上十二位年轻的勇士和十二位年轻的处女作为祭品。因为没人敢爬上雅迪斯－高峰的陡峭山峰，也没人勇敢到靠近那座山巅的古堡，人们只能进入山脚的大理石神庙，将人牲放置在燃烧的祭坛上面。加塔诺托亚的祭司们威权显赫，因为只有他们才能保护卡纳乃至整个姆大陆远离加塔诺托亚的荼毒。

有一位名为依玛什－莫（Imash-Mo）的高阶祭司，他不仅在纳斯盛会上有权行走在撒伯恩王的前面，甚至当国王在道瑞克圣殿躬身下跪之时，仍能骄傲地维持不跪的姿势。在他麾下还有一百名侍奉黑暗之神的祭司，每一位都住在大理石修建的宅邸之中，有两百名奴隶、一百名妾室环伺左右，永久免受俗世法律规条的制约，且掌握着除国王本人指派的祭司之外一切人的生杀大权。即便有如此多的守护者维护大陆的安全，恐惧依旧蔓延无尽。人们担心加塔诺托亚会从黑暗深渊攀爬上来，将恐怖的石化力量带到人间。以至于在接下来的几年中，祭司开始禁止民众猜测或想象加塔诺托亚的外观究竟如何。

在红月之年（据冯·约茨的估算，应在公元前173—184年），却有一个人对加塔诺托亚及其不可名状的威胁勇敢地表示了蔑视。这胆大包天的异端分子名为提夭格（T'yog），是莎布·尼古拉斯的高阶祭司，是那孕育千万子孙的森之黑山羊圣殿的守护者。提夭格曾花了很长时间去思索诸神具有的力量，也做过一些奇怪的梦，得到了与早期世界和生命接触的无上秘法。最后，他认为善良的诸神能够协助人类对抗邪神的侵扰；他相信莎布·尼古拉斯、努格和耶布，乃至蛇神伊格都已准备好保护人类，对抗加塔诺托亚的狂傲与暴虐。

受到母神神启的提夭格按照自定的次序，用僧侣们使用的卡纳语写下了一个奇怪的咒文，以抵御黑暗之神的石化妖力。他认为在咒文的庇护下，一名勇士——作为有史以来的第一个人类——便可登上那可怖的玄武岩峭壁，从而履足那据称在地穴中潜伏着加塔诺托亚的伟岸城堡。提夭格相信，凭借莎布·尼古拉斯与其千万子嗣的协助，他必能直面邪神，与其定下契约，将人类从它的沉郁威胁中拯救出来。如果他能拯救人类，就会获得无上的荣耀。而之前笼罩在加塔诺托亚祭司身上的光辉与荣誉也必将转加到他的身上，王权，甚至神格也唾手可得。

因此，提夭格将他加持保护的咒文誊写在一张用普塔纲膜（pthagon）制作而成的卷轴之上（根据冯·约茨所称，普塔纲膜是一种从灭绝生物亚基斯蜥蜴身上剥下来的内表皮），并将其装在一个由拉格（lagh）金属（这种金属是由远古居民从犹格斯星带来的，地球上并无矿藏）锻造而成的圆筒之中。提夭格将圆筒携带在随身的长袍之中，以期得到它的庇护，抵抗加塔诺托亚的致命威胁——他甚至相信，如果某一天加塔诺托亚真的脱离深渊，给人类世界带来毁灭，这护身符也能将惨遭石化的受害者复原成人。因此,他准备亲自爬上那被世人回避、无人履足的山峰,进入那由巨石堆叠、角度吊诡的城堡,在巢穴中直面恶魔本尊。至于之后的事情,他完全没有计划,但成为全人类救星的希望使他的意志变得强大起来。

然而,他却将效忠于加塔诺托亚的傲慢祭司置于脑后,也没有将他们的嫉妒和自私当成任何威胁。他们唯恐那妖魔遭到废黜,自己的名望和特权将变得一钱不值——在听闻了提夭格的计划之后,他们组织了一场疯狂的抗议行动来对抗这所谓的"渎神"行为,声称任何凡人都不是加塔诺托亚的对手,任何企图搜寻神灵的行为都会激怒它,从而引发它对全体人类的报复,到那时,将没有任何咒语或宗教手段能使人类免灾。他们希望这些说辞能鼓动民众与提夭格为敌,但其实人们早已厌倦了加塔诺托亚的威胁,也对提夭格的技艺和热情充满信心,无论祭司们如何鼓动唇舌,最终都化为泡影。甚至一向被祭司们视为傀儡的国王也站在了提夭格的一边,他下令禁止任何人阻止提夭格踏上这趟"朝圣之旅"。

从此,祭司们转入地下,开始从事一些见不得人的勾当。一天晚上,高阶祭司依玛什·莫潜入了提夭格在神殿的居所内,趁着对方熟睡,偷走了那个金属圆筒。他又悄悄地抽出保护卷轴,插入了另一张极为形似却无任何对抗神明或恶魔力量的卷轴。在将卷轴滑进沉睡者的长袍之后，依玛什·莫盘算着提夭格应该不会再仔细检查圆筒内卷轴的内容，便心满意足地溜走了。这个自以为受到真正咒文庇佑的极端分子定会亲自爬上那禁忌的峰峦，深入恶神的巢穴，而不受任何咒文制约的加塔诺托亚则会料理好他的后事。

加塔诺托亚的祭司们从此便不再为此事烦心，也无须大肆布道来反对异端分子的挑衅。提夭格已是将死之人，就任由他踏上自我毁灭之路。不过，私下里，祭司们将永远珍藏着那偷来的卷轴——那货真价实的护身符——并经由高阶祭司代代相传，以备在暗淡暧昧的未来，用以抵抗邪神的意志。那一夜，依玛什·莫将真正的卷轴装进了一个新圆筒，随后就安稳地入睡了。

在天火之日（冯·约茨也没有查到语出何典）的黎明之时，提夭格在人们的祈祷和吟诵声中接受了撒伯恩王的灌顶祝祷，右手提着一只用提拉斯木打造而成的手杖，开始攀登那可怖的山峰。他仍旧认为长袍之中携带的是真正的咒文，因为他确实没有发觉这紧要之物早已被人掉了包；同样，他也没有留意到依玛什·莫和其他祭司在念诵祈祷自己安全成功的祝词时，从唇齿中流露出的嘲讽之意。

那天清晨，所有人都站直身体，遥望提夭格在那被世人回避、无人敢于履足的玄武岩山坡上奋力攀爬，渐行渐远。在他的身形绕过山脊隐匿的一边消逝不见之后，仍有很多人停留在原地，不住眺望。那一夜，一些神经敏锐的人在睡梦中听到一阵模糊的震颤轻轻撼动了那可憎的山峰，但在向人转述之时，都被嘲笑为无稽之谈。第二天，人群拥挤着来到山脚凝视山巅，潜心祈祷，盼望着提夭格尽快归来。第三天如此，第四天亦如此。在几个星期的希望和等待落空之后，他们纷纷哀悼起来。再也没有人见过提夭格——这位尝试着将人类从恐惧中拯救的英雄，陨落了。

人们开始为提夭格的放肆和傲慢感到后怕，并拒绝揣测他不敬的渎神行为究竟会遭到怎样的惩罚。而加塔诺托亚的祭司们则扬扬得意，对那些憎恶神明意志，或是拒绝向它提供献祭的人们报以微笑。在接下来的几年之中，人们渐渐觉察了依玛什·莫的诡计，但大多数人对于加塔诺托亚抱有的敬畏之心却没有改变，依旧认定还是不要去打扰那位邪恶的神明为好。从此，没有人再敢站出来向它挑衅。时间滚滚流逝，新王取代旧王，高阶祭司往届更迭，国运枯荣，沧海桑田。数千年岁月的侵蚀笼罩在卡纳的上空——直到最后一个风暴和雷霆喧嚣之日，震颤动摇大地，如高山一般的泼天巨浪席卷而至，将姆大陆的所有地块永远卷入了幽深的海底。

古老的秘密如同溪水的涓流，滴淌了万古的岁月。面色苍凉的亡命者逃过海妖的暴怒，聚集在遥远的土地之上；烟雾从膜拜消失的神明与恶魔的圣坛冲天而起，飘向陌生的天空。虽然，没人知道加塔诺托亚栖居的山峰和巨堡究竟沉没至何处，但依旧有人喃喃念诵它的威名，向它呈上无可名状的祭牲，唯恐他从数英里深的大洋之中苏醒，如气泡一般涌上海面，再次向履足之人散布它恐惧与石化的威能。

零星散落于世的祭司们逐渐形成了黑暗秘教的雏形——之所以暗中活动，是因为新大陆的居民信仰其他神灵和恶魔，并认为远古之神和异教神都是邪恶的——而这个秘教也做下了不少骇人听闻的大事，珍藏着许多奇怪的物件。有谣言说，有一支藏匿很深的祭司血脉依旧保留着依玛什·莫从熟睡的提夭格身上窃来的有实效的护身符。但那些能够阅读或理解这些隐秘音节的人皆已离世，也没有人知道失落的卡纳、骇人的雅迪斯——高峰，或是邪神明栖身的巨型堡垒此刻的所在。

虽然，这个秘教主要在太平洋地区——姆大陆曾经存在的区域——活动，但也有谣言声称无论是在命运多舛的亚特兰蒂斯，还是引人憎恶的冷原，都有某个崇拜着加塔诺托亚的隐匿教派在黑暗中蠢动。冯·约茨曾暗示说，在那个神话中的熔岩国度琨岩（K'n-yan）也有该秘教活动的蛛丝马迹，还给出确切的证据，证明这个秘教早就渗透了埃及、迦勒底、波斯、中国、被人遗忘的非洲闪米特帝国，以及位于新大陆的墨西哥和秘鲁等地。他还强烈地暗示，这秘教的存在与欧洲数位教皇主导的猎巫运动存在着密切联系。然而，有些世界并不适于教派的壮大和发展，因为看到那些阴森可怖的仪式与无可名状的献祭而义愤填膺的公众捣毁了它的许多分支。最终，为了逃离四面楚歌的境地，它变得加倍隐匿诡秘起来——但它的核心始终没有被根绝。它总是能想方设法地存活下去，不过主要活动区域也转移到远东和太平洋诸岛。而在这些地方，它的教义和波利尼西亚的奥罗伊（Areoi）们所掌握的古奥知识进行了融合。

冯·约茨还留下了不少隐晦但令人不安的线索，暗示他曾经和这教派有过直接的接触。当我读到此处，不由得为描述他死状的谣言打了个寒噤。他提到有一种想法在自己脑海中变得越来越明晰和强烈：他想对这邪神的容貌一探究竟——虽然从未有人（除了那鲁莽的但一去不返的提夭格之外）亲眼看到过。他还将自己的这种冲动和在姆大陆上风行一时的揣测邪神容貌的想法进行了比照。而当信徒们压低声音谈论起这方面的事情时，那些让人敬畏与着迷的私语令冯·约茨产生了一种怪异的恐惧感——他们的言谈充满着病态的好奇，暗示信徒们想明确地知道当提夭格爬上那座令人畏惧可而今早已没入海底的山峰，走进那座比人类更加古早的阴森堡垒，直至遭遇生命的终结（如果那真的是终结的话）前，究竟遇见了什么——这位德国学者就开始在这一主题上故弄玄虚、欲言又止，让我也好生气恼。

除此之外，冯·约茨还留下了其他同样令人感到不安的猜测，包括那被盗走却具有抵抗加塔诺托亚威能之力的卷轴最终的去向，以及卷轴最终的用途，等等。虽然，我确信整件事是彻头彻尾的无稽之谈，但想到若真有这样一位恐怖的邪神降世，在弹指间将所有人类化为畸形的石雕，但他们的大脑却都被囚禁在躯体中，清醒却无助地度过未来的无尽之年——这场景让我不寒而栗。这年长的杜塞尔多夫学者用一种比平铺直叙更引人不快的恶毒方式来引人遐想，实属不该，但我也明白为何会有如此多的国家将此书视为渎神、危险、不洁的毒草而加以取缔了。

阅读过程令我感到极为不适，但无可否认，这本书散发着一种邪恶的吸引力。在读完之前，我根本无法释卷。书中重现了的那些据说是源自姆大陆的图案与象形文字，与圆筒上的雕刻以及卷轴上的符号惊人地相似；书中的叙述又充满了详尽的细节，隐约地显示着与那可怖的木乃伊存在着千丝万缕的联系。圆筒与卷轴——太平洋上的位置——老韦瑟比船长固执地认定那个发现木乃伊的石穴之上曾矗立着一座高大的建筑……想到船员还没来得及打开那扇活板门，那座火山小岛就沉入了海底——不知怎的，我感到一阵庆幸。

IV

我从《黑皮书》中获取的信息，却适时地帮我为随后发生在1932年春天的重大新闻及相关事宜做好了准备。我也忘记了究竟是从什么时间开始，警方针对来自东方及其他地区的邪教频繁采取行动，相应的报道数量也与日俱增起来，这个现象引起了我的关注。但到了五六月份，我意识到全世界范围内，那些离奇诡谲、潜匿行踪、鲜有耳闻的神秘教派在一夜之间变得异常活跃。

当时的我还没有足够的洞见，能将这些报道与冯·约茨留下的暗示，以及馆中那具木乃伊和圆筒所带来的那阵骚动联系到一起。但各自的秘教司礼在仪式和步道之中擅用的特定音节和反复出现的相似环节，在经媒体添油加醋地渲染后，迅速地吸引了公众的注意。我注意到，有一个名字——以及它以讹传讹的各式变体——开始频繁出现，它似乎是所有这些秘教崇拜的焦点，凝聚着一种混合了信徒崇敬和恐惧的复杂情绪。这名字的变体诸如"格坦塔""塔诺坦""撒恩－撒""加坦"及"卡坦－塔"——我甚至不需要那些众多与我维持书信往来的神秘学者加以提点，就已经对这些名字的变化心中了然——它们必然和冯·约茨提到的"加塔托诺亚"的邪神之名存在着险恶而微妙的关系。

此外，还有一些事情颇令我介怀。新闻报道反复却语焉不详、煞有其事地介绍一张"真正的卷轴"——这东西似乎和什么重要的事情密切相关，据称它正在被一个名叫"纳格布"的什么人或东西保管着。无独有偶，新闻报道中也反复提到了另一个名字，听上去像是"托格""提奥格""约格""佐布"或"尤布"。而我越来越兴奋的意识早已不由自主地将这名字与《黑皮书》中提及的异端分子提夭格联系到了一起。无论怎样，和这个名字相伴出现的，定是一些似乎另有深意的语句，如"那必是他""他见到了它的容貌""他全都知道了，但他已经眼不能视、肤无所感了""他带着那些记忆超越万古""真正的卷轴会释放他""纳格布拥有真正的卷轴""他知道去哪里寻找它"。

某些邪门的事情正在蠢蠢欲动。当那些与我笔谈已久的神秘学者与那些唯恐天下不乱的周日报纸一样，将近期发生的新怪事与姆大陆的旧闻传说，以及从骇人木乃伊身上挖掘出来的新闻猛料联系起来的时候，我并没有感觉到丝毫的讶异。通过报纸得到广泛传播的文章始终坚称木乃伊、圆筒、卷轴和《黑皮书》中记载的传说存在密切的联系，还对整个事件进行了疯狂的推测，这些推测又激起了这个纷繁世界中成百上千个由异国狂热信徒组成的秘密教派潜在的狂热心理，再加上纸媒在一旁火上浇油——总而言之，这些和教派骚乱相关的故事比之前一系列的报道都更加疯狂，不着边际。

夏季逐渐来临，博物院工作人员注意到，在来访游客中多了一些奇怪的新面孔——此时，第一波赴馆狂潮刚刚平息——第二波狂潮接踵而至。越来越多带有陌生异国特征的游客，如皮肤黝黑的亚洲人、长发来历不明的怪人，还有蓄着胡须却穿不惯欧洲服饰的棕色人种——涌入博物馆，询问木乃伊展厅的位置，随后面带狂喜凝视着那发掘于太平洋小岛的可怕干尸。馆内的警卫都察觉到了这些外国怪人身上涌动着的看似平静，却异常邪祟的暗流，我也隐隐感到不安。我不由得想起，几乎是在同一时间内异国人群之间风行的邪教活动，也想到了这些活动与牵扯着木乃伊和圆筒卷轴的传说之间的联系。

有那么几次，我差点听从别人的规劝把那木乃伊移除展厅——尤其是当一个员工告诉我，他好几次瞥到有陌生游客在它面前古怪地行礼，还在游客稀少的时候对着那干尸发出一阵歌唱般的低语，就像是什么吟诵或祭祀仪式。一名警卫称自己曾被那单独保管在玻璃展柜里的石化干尸所扰，因精神紧张而产生幻觉：无论是那干尸的瘦骨嶙峋、爪子似的双手，还是定格于恐怖疯狂表情的革化面庞，都在以一种模糊、细微、难以察觉的幅度微微变化着。他还被另一种引人嫌恶的想象持续困扰着：他总是感觉那双可怕、膨胀的双眼会毫无预警地突然睁开。

九月初，古怪的异国游客数量也开始变得稀少，木乃伊厅偶尔也会显得冷清起来。就在这时候，有人试图隔着展柜的玻璃去接近那具木乃伊。犯人是一个皮肤黝黑的波利尼西亚人。所幸警卫始终留意着他的一举一动，并在出现任何损失之前制服了他。经调查，我得知这犯人是夏威夷人，因频繁参与地下邪教崇拜而臭名昭著，并因涉及变态、扭曲、残忍献祭仪式在警方留下了不计其数的案底。报道称，在其房间内发现了一些令人困惑、引人不适的文件，其中包括写满了象形文字的数页纸片，这些符号和博物馆的卷轴以及冯·约茨在《黑皮书》中记载的文字极为类似。但在审讯过程中，他却对此事缄口不语。

事情发生后不到一周，又出现了一起试图私自接近木乃伊的事件。这一次犯人尝试撬开木乃伊展柜的锁具，结果被逮个正着——这已经是第二起由木乃伊引发的逮捕行动了。这次的入侵者是一名僧伽罗人，和之前遭到拘留的夏威夷人相同，他不仅在警方留存了一堆和邪教活动相关的冗长而恼人的记录，也拒绝与警方合作。让这件事情变得愈发扑朔迷离且有趣的是，有一名警卫有几次曾注意到这个人，还听到了他对木乃伊哼唱怪异的颂歌，其中反复提到的词语无疑就是"提夭格"。因为这起事件，我对木乃伊厅安排的警卫数量加倍，命令他们千万不要将视线离开那备受关注的木乃伊，一刻也不行。

可想而知，报纸媒体肯定会对这两起事件大肆渲染，并回顾他们在之前报道中提及的那远古而神话般迷离的姆大陆；同时大胆地推断，那具骇人的干尸定是那英勇的提夭格。他在那史前的堡垒之中看到的不祥之物致他沦落至此，并在我们这颗动荡的行星上一动不动地度过了 175 000 年的岁月。报纸以最能搔到读者痒处的语气强调，这相继被捕的异教徒代表的则是姆大陆居民的孑遗，他们对这具木乃伊非常崇拜，甚至试图通过某些咒语和法令使他再度复活。

古老传说中，受加塔诺托亚石化之力侵染的受害者会维持清醒的意识和如初的大脑——这一点引发了最为荒诞不经的猜测，也是写手们借题发挥的最佳素材。而反复被提及的"真正的卷轴"也得到了应有的关注——甚至形成了一种蔚为流行的理论，即提夭格用于对抗加塔诺托亚的被窃护身符应存在于世，而邪教徒们处于某种私人目的，正想方设法准备将它带给提夭格。这些猜测引发的结果之一，便是人潮第三度涌入博物馆。游客们睁大双眼凝视着那邪门的木乃伊——它俨然已经成了这一系列崇拜事件的核心了。

不过，在这一批游客——很多人已经多次来访——之中，流传着一种说法，那木乃伊的外貌似乎发生了些改变。尽管几个月前有神经紧张的警卫向我提过此事，但我觉得那是因为他们长期以来都只是震惊于木乃伊的可怖外形，而忽略了它身体上的某些细节，因此也不以为意。无论怎样，访客们惊喜的窃窃私语最终还是让警卫们开始关注木乃伊那难以察觉的变化。几乎就在同时，报纸媒体也捕获到了这些谣言——会产生怎样喧嚣的结果，大家可想而知。

自然，我对整个事件进行了最仔细的关注和调查。到了十月中旬，我基本可以确定，这木乃伊正在逐渐腐化。可能是空气中的某些化学或物理影响，这具半石质、半革质的纤维化尸体正变得结构松弛，导致它手臂的角度和面部那因恐惧而产生的表情出现了细微的变化。在经过了半个世纪的完美保存之后，这类变化让人心生惶恐。我慌忙让博物馆的标本剥制师——摩尔博士仔细地对这恐怖的东西进行了几次检查。他在报告中称，木乃伊表现出了周身的松弛和软化。他向干尸喷洒了两三次收束性药剂，但不敢做出任何较大幅度的挽救措施，以防止它出现突然损坏，甚至加速腐化的现象。

腐化现象的曝光却对来访游客产生了非常奇怪的影响。在此之前，报纸媒体爆出的新鲜猛料每次都能将新一波瞪大双眼、窃窃私语的游客推进博物馆，不过在这一次——虽然媒体不厌其烦地谈论了木乃伊的变化——但公众对这东西产生的恐怖，要远远高于以往病态的好奇。人们似乎能感受到一种诡异的气氛飘荡在博物馆上空，参观人数到达了顶峰之后骤然下降跌入低谷，甚至还逊于往常。当正常的游客减少之后，古怪的异国访者的人数却没有任何减少，反而在人群中更加惹眼。

11 月 18 日，一名疑似带有印第安血统的秘鲁人在参观木乃伊的时候，貌似癌症或者癫痫突发。事后在医院的病床上，他大声尖叫道："它想要睁开眼睛！——提夭格想睁开眼睛看我！"在那段时间，本来我准备把那木乃伊移出展厅，却在董事会上遭到众多保守派董事的反对，此事只好搁浅。然而，我能清醒地看到，博物馆在那些朴素安静的邻居眼中已经声名狼藉了。事件过后，我下令禁止任何人在这太平洋地区展品之前逗留，一刻都不行。

11 月 24 日下午 5 点闭馆之后，一名警卫注意到那木乃伊的双眼竟然睁开了片刻。虽然这个现象非常短暂——只不过是木乃伊的眼睛睁开了一道新月般的窄缝——但依旧引起了我极大的兴趣。匆忙间应招而来的摩尔博士本来准备用放大镜对那暴露出来的双眼看个仔细，却导致那革质的眼皮再度紧密合上。标本剥制师不敢用力，只能轻拿轻放，因此使出众多手段也无济于事。他通过电话向我汇报的时候，我感到一股寒气沿着脊髓一路攀上，暗忖这事情绝不会如此简单。就在一瞬间，我终于明白了公众的恐慌。某些邪恶而不可名状的灾祸正从深不可测的时空深渊中缓缓爬出，阴郁而恶意，慢慢地盘旋于博物馆之上。

两天之后，一名面色阴沉的菲律宾人试图躲藏在博物馆里，等打烊之后从事某些活动。在被捕并被扭送警局之后，他拒绝交代自己的姓名，最终被当作可疑人员拘禁起来。与此同时，针对木乃伊的紧密监控似乎让那些外国怪客们知难而退了。至少，在"严禁拘留"的禁令出台之后，这些异邦之人的来访数量也大大减少了。

12月1日，星期四的凌晨，事件终于达到了恐怖的顶点。在1时许，博物馆中传出一阵极度恐怖惊骇的尖叫声。邻居们拨打了一系列报警电话，迅速将一队警察、几名博物馆馆员（其中就包括我自己）集中在馆中。部分警员将博物馆团团包围，其他的警察和馆员一道，小心翼翼地走进博物馆。在主道上，我们发现了守夜人被勒死的尸体——部分东印度大麻纤维拧成的绳子还挂在他的脖子上——这意味着一个甚至多个邪恶的入侵者枉顾所有预警措施，成功闯进了这座博物馆。然而现在，坟场般的死寂笼罩着馆内的一切，虽然知道楼上那最关键的侧厅之内存放着麻烦的根源，但我们却连上楼的勇气都没有。在接通走廊的电源、温暖的光线填满整栋建筑之后，我们才稍稍稳定下情绪，略带抵触地拾级而上，穿过拱道，进入木乃伊展厅。

V

从此开始，涉及这桩恐怖案件的所有报道都受到了严格的审查——因为我们一致认定，这事件后续的发展会牵扯到的境况若被公众知晓，将有百害而无一益。我在前文中提到过，在上楼之前，我们已经用光线照亮了这建筑的边边角角。而现在，在闪耀于光亮的玻璃展柜和柜中骇人展品之上的光柱之中，我们看到了一个静谧可怖的场景。经场景中令人困惑的处处细节证实，这里所发生的惨事完全超过了我们在场所有人的理解能力。入侵者有两名——事后我们一致认为他们在打烊之前就藏在了馆中——但令人遗憾的是，他们将永远也不会因谋杀守夜人的罪名得到法律的制裁了。因为他们已经付出了生命的代价。

在两名入侵者之中，其一为缅甸人，另一个则是斐济岛民——两者皆因涉嫌参与恐怖变态的邪教活动受到过警方的密切关注，两人都已经咽了气，随着验尸过程的深入，他们的死因反而变得愈加难以名状，让人心惊肉跳起来。两具尸体的面部都挂着一种疯癫甚至残忍的神情，即便是最资深的警官也从未见过这种表情，然而，两具尸体呈现出的状态却大相径庭。

缅甸人倒在那无名木乃伊展柜旁边，柜体上的玻璃已经被整齐地切掉了一块。他的右手紧握着一张蓝色薄膜质地的卷轴——几乎在第一时间引起了我的注意。这卷轴上写满了灰乎乎的神秘符号，几乎和楼下藏书室中保存在奇怪金属圈圆筒中的卷轴一模一样，但经事后研究发现，其实两者确实存在着细微的差异。尸体上没有任何暴力痕迹，鉴于尸体扭动的面部上那绝望、痛苦的表情，我们完全有理由推断，这个男人是因惊惧而死。

不过最让我们感到震惊的，还是近旁的斐济人的尸体。最先接触这具尸体的是一名警员，他因惊恐不由得大呼小叫起来，再次为周边邻居的静夜撒上一把恐惧的作料。恐惧的神情牢牢盘踞在那张曾经黝黑的脸上，我们还注意到他瘦骨嶙峋的大手，其中一只手还牢牢抓着手电筒。死者的脸庞和手上均呈现出一种致命的灰色——其实这一点本该引起我们的注意。当那警员带着犹豫去触摸尸体的时候，接下来发生的一切让所有人都大惊失色。甚至直到现在，在我回忆之时，仍能感到阵阵的恐惧和恶心。简单说来，这名不幸的入侵者——虽然不到一个小时前还是一名壮硕的梅拉尼娅人，准备在此犯下不为人知的恶性——此时却变成了一具僵硬的、烟灰色的、半石质半革质的僵尸，无论从哪个角度来看，都和那玻璃展柜之中蜷缩着的、古远的、带有渎神意味的干尸如出一辙。

不过这还不是最糟糕的。在我们将注意力转向地板上的尸体之前，整个场景的恐怖之最，就是那具骇人的木乃伊此时的状态。发生在那具干尸身上的变化，已经远远无法用模糊、细微等词汇来形容，它的姿势已经发生了根本的改变。它曾经僵硬死板的身躯呈现出奇怪的松弛、下垂的趋势，瘦骨嶙峋的爪子也低低垂下，露出了那被恐惧扭曲的革质面孔，而它的眼睛——我的天！——它那鼓胀外凸的双眼此刻睁得浑圆，似乎正在牢牢凝望着两名死于惊惧（或是其他别的原因）的入侵者！

那恐怖的、如同死鱼眼般的凝视带着一种蛊惑人心的魔力，检查入侵者的尸体给我们带来了极大的困扰。它给我们的神经带来了古怪而可憎的影响。不知怎的，我们总觉得有一种古怪的僵直感在身体里蔓延，哪怕只是最简单的动作，似乎也会受到层层阻碍。但当我们在检查过程中传阅那张古怪的卷轴之时，这种感觉又不着痕迹地消失了。在整个过程中，我常常会走神，无法抗拒地凝视着展柜中干尸那鼓胀的眼球。但在我们彻查尸体，转而研究那双因不可思议的原因保存完好的漆黑眼球的时候，感觉自己在那眼球的晶体状表面发现了异样。我看得越仔细，就越着迷，直到最后，我下楼回到办公室——此时我的胳膊还有一丝僵硬——拿出来一个高倍放大镜，在它的帮助下，我开始自己研究起那干尸死鱼眼般的瞳孔，其他人则满怀期待地围在我的四周。

曾有理论宣称，人在死亡或昏迷之前所看到的场景或物体会残留在视网膜上。我对这理论始终抱有怀疑态度。然而，当我穿过透镜，仔细观察的时候，突然意识到，这无名干尸鼓胀的、玻璃似的视网膜中容纳下来的，并不只是房间的倒影。显而易见，在那双古老的视网膜中，存在着一个模糊的轮廓。我不由得怀疑，这定是在他活着的时候——在无穷的时间之前——所看到的最后的景象。然而这景象仿佛是处于稳定的消散之中，为此我不得不笨拙地操作放大镜，转换上更大倍率的镜片。不过，当这双眼睛——因为某些邪法或举动——出现在两名因惊惧而致死的入侵者面前的时候，即便微小得难以察觉，但那幅景象必然会是清晰且轮廓分明的。在调整好新加的镜片之后，我能捕捉到更多以前察觉不到的细节，嘴巴也跟着滔滔不绝地描述起来。环立在身边的人群则屏气凝神，生怕漏掉任何信息。

就在这里，在 1932 年，一个身处波士顿的男人在放大镜的另一头凝视着的东西，属于一个完全未知的、遥远的世界——而这个世界在万古之前就已经永远消失。我好像站在一个大厅的角落里，正在观望整个广阔的房间——而这房间属于某个雄伟的巨石建筑。房间的石墙上雕刻着令人毛骨悚然的图案，虽然不是很清晰，但它流露出的污秽和兽性让我几欲作呕。我认为这壁画并非出自人之手，也隐隐觉得，这壁画作者在雕琢这些斜睨着观赏者的恐怖形体时，所使用的模特也非人类。在石室的中央是一扇巨大的石质活板门，它向上开着，很明显是被门下的什么东西高高拱起。那个东西必然是清晰可见的。不过在我的镜头上，它只是一团巨大而模糊的斑点。

当变故出现的时候，我正用放大镜的额外镜片仔细研究着木乃伊的右眼。不过片刻之后，我就衷心地希望研究能就此停止。不过当时的我正被发现和解密的热情迷住了心窍，将高倍数的镜片移向干尸的左眼，满怀希望能发现一些还未消散的影像。在兴奋的心情和某些不自然的微妙影响下，我的双手微微颤抖着将镜片对焦。片刻之后，我意识到左眼之中的景象和右眼之中的场景一样清晰。在一个略显清晰的瞬间，我看到了一个失落世界的雄伟地穴，也看到了那从地穴中央的石活板门中涌出的、让人难以忍受的恐怖之物。接着，我发出一声含混的尖叫，跌倒在地，不省人事——但我对当时的反应从未感到过任何羞愧。

等我清醒过来的时候，那可怖的木乃伊的双眼之中已经没有清晰的影像残留。我再也无法鼓起勇气去面对这具畸形的干尸，还要感谢警局的基夫警长使用我的放大镜替我确认场景。经过众人热切的恳求，我才下定决心将自己在那个恐怖时刻瞥见的场景披露出来。事实上，在我们集体转移到楼下办公室，直到那魔鬼般的造物远离视线之前，我都没法开口说话。因为，我曾经在心中暗下决定，将关于木乃伊的最为恐怖、最为荒谬的念头，以及它那双鼓胀、玻璃似的双眼的形象深深埋在心里——它的双眼蕴含着一种骇人的意念。它曾经看到了眼前发生的一切，无论有无听众，它都想将自己的恐怖见闻从深远的时间之渊中传递出来。这完全是疯狂的念头——但最终我还是觉得，应该把我隐约看到的东西说出来，这样也许会好一些。

毕竟，我所看到的并非什么难以描述之物。在那个巨大石质地穴中，我所瞥见的敞开的活板门向上渗透、涌动的是一个不可思议的庞然大物——我丝毫不会怀疑，仅仅是看一眼那个影像的原型绝对会导致观察者死于非命。甚至直到现在，我都无法顺利地组织语言去描述它的模样。它是个蠢大的——有触手的——长鼻的——章鱼般眼睛——半不定型的——柔软——部分生有鳞片部分遍布皱纹——啊！任何言语都不足以勾画出那在黑暗混沌和无尽长夜中作祟的禁忌子嗣那令人憎恶、邪恶不洁、人类难以想象的、浩瀚无穷的恐怖。当我写下上述词句的时候，随之产生的想象画面让我几度昏厥、恶心欲呕。在我将所见之物向办公室的其他人描述之后，不得不强撑着才能维持住刚刚重获的意识。

听众们似乎也感受到一种身临其境般的震惊。在长达一刻钟的时间里，没有一个人说话，因为我所描述的情形和《黑皮书》中记载的传说、近期邪教骚乱的新闻，以及博物馆内层出不穷的怪事全都对上了号。加塔诺托亚……即便是它最小的完整图像都具有石化的力量——提夭格——调包的假卷轴——他一去不返——可以全部或部分抵消石化诅咒的真正卷轴——它还存在于世吗？——恐怖的教派——那些人们无意间听到的词句——"那必然是他"——"他看到了它的容貌"——"虽然他目不能视、触不能感，但他全都知道"——"他带着记忆穿越了万古的岁月"——"真正的卷轴会令他复活"——"他知道到哪里才能找到它",直到黎明时天际那抹浅灰色帮我们寻回理智。这种理智让我们做决定,不要再讨论我在一瞥之中看到的情景——那并不是什么值得去解释,甚至再次想起的东西。

我们仅仅将报告中的一部分透露给媒体,后来还跟报社合作,压制了一些流言蜚语的传播。举例来说,验尸报告显示,那石化的斐济人外部的血肉已经完全僵化,但内部封存的大脑和若干内脏器官仍维持新鲜的状态,没有一点石化的迹象。医师们至今仍对这异常现象争论不休,但我们并不希望它再次引起一场轰动或骚乱。我们对加塔诺托亚半石质、半革质的受害者保有完整大脑和意识的传言记忆犹新,那些不负责任的三流小报会对这件小事做出怎样添油加醋的报道,我们再清楚不过了。

照目前的情况来看,他们指出,那个手持着绘有神秘符号的卷轴——并且明显地试图越过敞开的展柜用卷轴戳击木乃伊的男人并没有表现出石化的症状,但手中没有卷轴的入侵者则受到了影响。当他们要求我们做某些实验——比如在斐济人或木乃伊身上使用卷轴的时候,我们愤怒地拒绝了这些提议。当然,我们将木乃伊撤出了公众展区,将其转移到了拥有非常严密的安保措施的地方。不过即便如此，12月5日凌晨2点25分，还是有人试图闯入博物馆。虽然及时响起的警铃声挫败了这场阴谋，但可惜的是入侵者也逃之夭夭了。

不过让我倍感欣慰的是，这件事接下来的进展没有被公众得知。我真诚地希望，不用再多说些什么。当然，信息的泄密在所难免，如果我真的遭遇了什么不测，也不知道我的遗嘱执行人会怎样对待这份手稿，但至少在真相大白之后，这个案件并不会成为大众记忆中的痛苦回忆。而且，即便人们获知了整个事情的真相，也不会相信。这正是所谓大众的奇怪之处。若三流小报做出了什么暗示，他们准会轻易相信接下来的任何说辞，但当某个不同寻常的惊人秘密被揭露的时候，他们却会将其视为谎言，一笑置之。不过出于多数人神志健康的考量，这样的结果也不坏。

正像我之前所说，我们预备对那吓人的木乃伊进行一次真正的科学检查。这次检查被安排在12月8日，也就是这一系列事件达到高潮的一周之后，由著名的威廉·迈诺特医生主持，博物馆的标本剥制师、理学博士温特沃思·摩尔协助完成。就在上一周，迈诺特医生也目睹了那古怪僵化的斐济人的尸检过程。同时列席在场的还有博物馆理事会的劳伦斯·卡波特和达德利·索顿斯维尔，博物馆员工、博士候选人梅森、威尔斯、卡维尔，两名报社代表，以及敝人。在这一周之内，这尊可怖的标本并没有出现什么肉眼可见的变化，但随着时间的流逝，它纤维结构的松弛导致那玻璃似的圆睁双目似乎变动了些许。所有在场的人员都不敢看它这副尊容——它颓坐的样子，就像是在静静地、有意识地凝视着前方，这一点让人尤为难以忍受——而我本人也颇费了些力气，才有胆量旁列于出席人群之中。

当天下午刚过 1 点钟，迈诺特医生就到达博物馆，并在几分钟之后开始了对木乃伊的检视工作。他对木乃伊进行了大规模的分解，考虑到我们向他透露的事实，即从十月份开始，这具干尸就持续经历了松弛散化的过程，他决定在标本遭到进一步损坏前，进行一次全面的解剖。医生向实验室索取了合适的器械后，立即开始了工作，并对解剖而出的灰色（木乃伊的物质）大呼小叫起来。

当他打开最初的一道深入的刀口，目睹了其中汩汩流出的黏稠的暗红色涓流后，他的尖叫变得更大声了。虽然这可怖的木乃伊历经了无穷的岁月，但这液体的成分却绝不可能被搞错。随后的几次灵巧的敲击剥离出了各式各样的器官，令人震惊的是，它们丝毫没有显示出任何石化的性质——事实上，除了僵化的外部结构呈现出的变形和破坏外，所有的器官都完好如初。这个情况和那被吓死的斐济人的尸检结果如此相似，让这著名的医生也大喘粗气、惊骇莫名。那对骇人的鼓胀双目保存得如此完好委实吊诡，它们是否处于石化状态，也非常难以判断。

在下午3点30分，医生打开了干尸的颅腔——在随后的十分钟内，我们这些倍感震撼的围观者立下守秘誓言，相互约定只能在像这份手稿一般受到严密管理的文件之中记录此事，甚至那两位记者都愿意保持沉默。因为，那洞开的颅腔之中有一颗仍在搏动的、活生生的大脑。

图书在版编目（CIP）数据

超越万古 /（美）H.P.洛夫克拉夫特
（H.P.Lovecraft）著；谢紫薇，程闰闰译. —重庆：
重庆大学出版社，2025.8. — ISBN 978-7-5689-4581-3

Ⅰ. Ⅰ712.45

中国国家版本馆CIP数据核字第20250YX430号

超越万古

CHAOYUE WANGU

［美］H.P.洛夫克拉夫特　著

谢紫薇　程闰闰　译

责任编辑　李佳熙　　　装帧设计　媛　媛
责任校对　谢　芳　　　责任印制　张　策
插　　图　珠子酱　陈　华

重庆大学出版社出版发行

社址　（401331）重庆市沙坪坝区大学城西路21号

网址　http://www.cqup.com.cn

印刷　重庆市国丰印务有限责任公司

开本：787mm×1092mm　1/32　印张：7.625　字数：128千
2025年8月第1版　2025年8月第1次印刷
ISBN 978-7-5689-4581-3　定价：48.00元